ちくま文庫

処生術

自分らしく生きる方法

藤原和博

筑摩書房

目次

第1章　自分の人生のオーナーは誰ですか　11

第2章　「自分の時間割」で生きる　61

第3章　「メニエル」が私を変えた　105

第4章 現代ビジネス処世術～働き方改革を実践するには

処生術　自分らしく生きる方法

第1章　自分の人生のオーナーは誰ですか

1　新聞とテレビ、スマホから逃れること

自分の人生について考える時間をつくろう

新聞をとるのを止め、テレビを居間からどける。そしてスマホの電源を切っておけば、世の中が観えてくる。

新聞の報道をそのまま事実として受け取ったり、キャスターの勝手な解釈やツイッターなどでバズっている考えを自分の意見であるかのように勘違いしてしまったりする情報過食症候群が治る。情報社会を生きる私たちには、メディアが作り出すバーチャルリアリティから逃れて、自分自身が生きているリアリティを取り戻す時間が必要だ。

たとえば、恋人と食事に行った時などには、相手の表情の微妙な変化を見失うまいとしていたのに、結婚してしまうと、スマホの画面ばかりを見て、一緒にいる人の気

持ちの変化に気づかなかったりする。うっかりすると、タレントの離婚問題の方が自分自身の生活よりもリアリティが高くなる。

新聞とテレビ、スマホから逃れると、食事時間が味わい深くなり、家族の会話が始まる。赤ん坊のいる家庭では、「臭いなあ」などとウンチの世話をしながら、話はゴミ処理問題に至るかもしれないし、息子が学校でやられた額の傷を酒の肴に防衛論が飛び交うかもしれない。いずれにしろ、そういった物事と自分や自分の家族との関係が家族同士の会話を通して紡がれていく。

そして何より、自分の人生について考える時間ができる。

テレビを居間からなくせるか

もともと私はテレビ世代の申し子で、朝起きるとまずテレビをつけニュースを流しっ放しにして朝食を食べていた。両親の家に住んでいた時代には、たまに夜の10時前に帰ることがあっても、やはりテレビを見ながら何かスナックをパクついていたので、結局一日中父とも母ともろくに会話をしなかった。新聞はもちろん日経をとっていて、毎朝企業のニュースをチェックしないと気がすまなかった。

この典型的なテレビっ子たる私の生活が変わったのは、2つの理由による。

一つ目は結婚して子供が生まれ、長男がしゃべるようになってから、妻が「食事の時にはテレビを消して、一緒に話しながら食べましょう」と提案したのがきっかけだ。妻の実家では、両親と兄弟3人がみんなで今日あったことなどをおしゃべりしながら、ワイワイと夕食を食べていた。一人っ子&テレビっ子で両親とはあまり会話のない私にとっては、まさに驚異だった。「自宅での朝食や夕食も、お客さんや会社の同僚と食事する時と同じように、会話をするためにあったのか！」と、恥ずかしい話だが初めて気がついた。でもさっそく実践してみると、初めは少々照れ臭いような気がしたが、続けているうちに慣れてきて、やがてそれが当たり前になってきた。

それでも私たち家族が仕事の関係で欧州に発つまで、テレビはしっかり居間にあった。

テレビを居間からどかし2階の仕事部屋に持っていったのは、ロンドンで1年1カ月、パリで1年3カ月、合わせて2年半ほど欧州で暮らして帰国したあとである。

二つ目のきっかけは、パリの人々に教えられた「アール・ド・ヴィーヴル」のスタイルによる。これについては後に詳しく書くが、国よりも、産業社会よりも、自分自身の人生と人々との関わりを大事にするフランス人の生活信条だ。人間と人間の間を取り持つコミュニケーション手段としての芸術的生活術を示すものである。

食事の時の会話を人間関係の基本として大事にするパリの人々の間では、テレビは基本的に朝起きた時と夜半に夫婦だけの時間にベッドルームでニュースや映画などを観るものという意識が強い。昼の間はもちろん、子供がいれば彼等がビデオを観たりもするわけだが、それならば、居間にある必要はない。

また、お客様を招いた場合に接客する場所にテレビがあるのは、インテリアデザインとして不自然だ。あの不細工な灰色の画面は、テーブルセッティングを含めてコーディネートされた部屋全体のムードを壊してしまう。とりわけアッパーミドルクラスの人々の意識の中には明らかに、「リビング（居間）にテレビがあるのは、会話を楽しむだけの教養のない人たちのすることで、クラスが下の証明だ」というイメージがある。

しかしテレビ番組には、素晴らしいルポルタージュも感動的なスポーツも上質のエンターテインメントもある。日本に帰国してリビングの配置を考えた時、私としては苦しい選択だったが、パリでの1年3カ月の生活に引き続き、テレビを居間からどけることにした。

そして1年の月日が経ったが、結局何の不自由もない。リビングはテレビをどけたことで広く使えるし、食事の時間の会話も、タレントの冗談にじゃまされることなく、学校や幼稚園の話題で盛り上がっている。

日本の子供たちはテレビに救われている

ここで少々唐突ではあるが、今度はテレビについて弁護側の立場から述べてみる。

欧州では若者の間にはびこる麻薬の問題が激しさを増している。日本人には比較的良いイメージの国と思われるオランダとスイスで特に深刻だ。アムステルダムには、ドイツのアウトサイダーとなってしまった若者やフランスやイギリスで職を失った若者たちが、麻薬片手に集まってくる。大量の失業者を抱えた成熟社会の歪みがこの辺に出ている。

一方、失業レベルの違いこそあれ、同様に成熟社会に向かう日本の若者の間には、なぜ麻薬の問題がさほど広がりを見せないのだろう。

もちろん、日本の警察や税関の方々の優秀さもある。でも私には、それ以上に居間にあるテレビジョンの存在が大きいように感じる。

子供たちにとっては、意識が芽生えたその時から選択の余地なくテレビは兄弟以上の家族の一員だ。そこから流れてくる溢れんばかりのギャグとナンセンスに、ストレスがかかりがちな多くの子供たちは救われているのではなかろうか。

若者の空虚感でさえも、笑ってごまかす口実を与えてくれるタレントたち。あまり難しく考えなくてもすむように、あまり深く思い悩まなくてもいいように。いつも冗談を言って笑わせてくれる芸人の群れ。「笑ってしまおうよ」と勇気づけてくれる兄弟が、いつもテレビの中に住んでいるからだ。

新聞の情報をそのまま受け取らない

話を本題に戻して、今度は新聞のことについて触れてみたい。

欧州では新聞は宅配されない。読みたければスタンド（パリではキオスク）で買う。一方日本では、新聞はまるで世の中の流れに遅れないための保険のようなもので、毎月3500～4000円ほどでその安心が毎日家に届く。

そして新聞がテレビとともに流す呪文のような論調は、毎日毎日自動的に繰り返されることによって読者の意識を洗脳していく。考えるよりも受け入れてしまうように。新聞に書いてあることが、その新聞社による事実の解釈ではなくて、あたかも事実そのものであるかのように。

私は新聞の存在を否定するものではないし、自分自身も新聞から多くの貴重な情報を得ている。問題は受け手の側の態度だ。

まず、新聞をとるのを止めよう。

そして、発信者の側(新聞社)が本来意図していないはずの危険な呪文効果から逃れよう。新聞は読みたい時に買ってくればよい。たとえそれが結果的に毎日であったとしても、無条件に家に届くことで、一方的に情報を受け続けるよりよっぽどましだ。

自分の意識を守るためには、無条件の反復行為による無意識の自己破壊から逃れなければならない。

リビングにドカーンと鎮座するテレビジョン。どこかヨーロッパの人々の家の壁に飾られた十字架に似ている。ポストに毎朝ドカーンと配られる新聞。聖書のようだと言ったら怒られるだろうか。そして、スマホの存在はもはや教会のネットワークを超えている。

日本で一番支配的な宗教は、神道でも仏教でもキリスト教でもない。明らかにテレビ教であり、スマホ教だ。

自分流「処生術」の始まりは、自分で考えることから始まる

「当たり前だよなあ、そんなこと今さら」と言わずに、まずはいったん宗教の外に身をおいて、正気に戻ろう。そのためにはまずテレビを居間から追い出そう。私自身の経験で言うと、自分が寝るところに近いのがけっこう便利ですよ。映画やドラマも寝ながら見られるし。

次に、新聞をとるのを止めよう。そして、通勤途中のコンビニで買うことにして、いろいろ違う新聞を試してみたらどうだろう。私自身は20年前に、それまで毎朝の日課だった新聞チェックを止めてしまった。あまりニュースをフォローし過ぎると、本当にマーケットで起こっている事実や大きな社会の流れを見誤ってしまうことに気付いたからだ。

不思議なことに、それで仕事上困ったことは今のところ一度もない。

そして、スマホを見ない時間を作ろう。朝起きてから、食事の時も、通勤の時も、片時も目を離さない状態になってはいないだろうか。

何も考えずに惰性でやっていることは、止めてみて初めて本当の価値、つまり自分にとって本当の「ありがたさ」がわかる。そうして初めて、自分ならこの価値に対して一体いくら払うべきなのかという〝鑑定眼〟が身につくのだ。

2 SSKで身を滅ぼすな

私は1996年4月、18年間勤めた株式会社リクルートを辞め、インディペンデントの新規事業の立ち上げ屋として、会社の歴史上初めて会社と対等のプロフェッショナル・パートナー契約を結んだ。この制度を「フェロー制度」と呼ぶ。

40歳のサラリーマンが3人の子供（当時6歳、2歳、0歳）を抱えながら、部長職を投げうって一匹狼になるのは珍しい選択と見えたようで、直後にマスコミからの取材を受けた。

「子供さんがこれから経済的に大変な時期なのに、どうしてそんなリスクを冒すんですか？」

「ご家族が反対されたんじゃあないですか？」

40歳の私にどうしてリスクを冒すのかという質問をするのは、一見当たり前のように聞こえる。ところが事実はまったく逆さまだ。

会社という組織の中では、現場を離れて課長、部長と偉くなると、定年までに大変なリスクを背負い込む。

企業の中では一般的に、偉くなればなるほど本来の自分の仕事から遠ざかっていく。30代で課長となって現場からはずれるころから、この仕事の老化現象は始まる。

一見矛盾しているようだが、部下を預かって大きな部隊を率いれば率いるほど自分がしたい仕事を自分ではできなくなる。できるだけ部下に任せて、その育成を図るのが上位の管理職の仕事だからだ。

従って、自分の時間の6～7割は次の3つに費やされる。

① 接待や部下との同行営業、これには社内接待の時間も含まれる。
② 部下の査定や人事の問題、これには部下との飲み会の時間も含まれる。
③ 会議とその根回し、これには関連部署との社内調整の時間も含まれる。

私はこれを称して、接待（Settai）、査定（Satei）、会議（Kaigi）の頭文字をとって「SSK比率」と呼んでいる。実際、取締役の方々のスケジュール表を見れば一目瞭然だが、「SSK比率」が9割に達する人もいる。

会議に出れば出るほど、自分の本当のテーマを追う仕事をする時間がなくなってしまう。できる人ほど偉くなる。偉くなるほど、本来の仕事をする時間が減る。会議の進め方は上手くなっても、どんどん仕事のできない人になる。

これが仕事と組織のパラドックスの正体だ。

こんなことで自分は偉いという幻想にかまけているうちに、60歳まで20年もやっていると突然現実が襲ってくる。外の社会では通用しない自分に気付かされる。

そっちの方がよっぽど大きなリスクではないだろうか。多くのサラリーマンは、ただ単にリスクを20年間先送りしているだけじゃあないかと私の目には映ってしまう。

だから私は警告する。これから組織の中で偉くなりたいすべての人に、そしてもう課長になったか部長になったすべてのビジネスマン、ビジネスウーマンに。

組織の中では、権力を得る代わりに本来の「自分」が失われていく。より大きな予算を使える代わりに自由が失われていく。

それでも〝上司〟をやりますか？

3　早引けの術

シンデレラタイムは夜10時

「それじゃあ、私はこの辺で失礼します！」

宴たけなわの夜10時から10時半の間に、私のシンデレラタイムがやってくる（著者注：今では8時から8時半の間になっている）。たとえ私自身が集合をかけた集いであっても、相手が上場企業の社長であっても、きびすを返すことなく、その場で戸惑う人たちを置き去りにして私は爽やかに帰ってしまう。

もっとも〝爽やかに〟というのは一方的な思いこみで、初めて私の「早引け」に遭遇した人の半数くらいには、ただヒンシュクをかっているだけかもしれない。

この習慣は、30歳でメニエルという病気になったときから続いている。当初はけっこうせっぱ詰まっていて、こちらがお招きした接待の場であっても、途中で失礼しないことには病気で頭がクラクラしていた。だから1軒目でお客様を送りだしたあと私は失礼させていただいて、どうしてももう1軒ご所望の場合や万が一ご返杯に預かる場合には、部下や同僚に最後まで付き合ってもらうようにしていた。

これをやり始めてから、私には夜、本を読む時間ができた。

また同じ頃ふとしたきっかけで接待ゴルフを一切止め、ついでに仲間内でのゴルフを何度か断ってみたら、土日に子供を連れて散歩にでかける時間が増えた。

仲間内でのゴルフを止めた理由は、実は病気のせいではない。プライベートだとはいっても職場での上司や部下が加われば、やっぱり上下関係が見え隠れするのが嫌だった。車で迎えに行くのは結局目下の者の役割になる。喜んでやっているように見えて、本人は決死の覚悟で送迎するのだ。ゴルフ帰りの高速道路で仲間の車が事故を起こしたこともある。

命がけでするほどのものではないと、その時思った。

初めはビジネスマンとして、最後まで接待もしない、ゴルフもしないということに、自分の武器を失うような恐怖感があった。ところが実際やってみると、それほどのダメージがないことにまずは驚き、そして今までの自分の思い込みに呆れてしまった。

次には、豊かな時間が与えられたことに感謝した。

失礼なことに私は、これ以降メニエルという病気を武器にする。

「すいません。これ以上はお酒をお付き合いできないんです」

「すいません。ゴルフは残念ながら止めました」

　このセリフを念仏のように繰り返して、私はようやく免罪符を得た。

「あいつは病気だから、しょうがないよな」の免罪符だ。そしてこのエクスキューズはいつの間にか、すっかり私自身のスタイルになってしまった。

早引けするメリットとリスク

　このスタイルを繰り返していて、次のようなケースもあった。

　住宅会社の社長に、住宅革命の実現に役に立ちそうな私のブレーンを3人ほど紹介する宴席でのことだ。一通りの紹介が終わり全員の意見が出始めて議論が始まった段階で、私はさっさと失礼する。

「えっ、帰られちゃうんですか……冷たいじゃないですか。こっちは緊張しちゃいますよ」

　とはブレーンの1人の泣き言だったが、私はこの3人に全幅の信頼を寄せている。だから、この場にこれ以上私は必要ないのだ。メニエルはとうに治っていたが、他に理由がつきそうな仮病もない。

でも、「お先に失礼！」の実績の数々で確信を持っているのは、私が紹介した人は、私自身がいる間はやはり私に遠慮しがちだという事実だ。

紹介者は双方の長所やニーズを上手に紹介して、そののち会話が飛び交い理解が深まっていくまでプロデュースできれば、速やかにいなくなるのがよい。その方がダイレクトなコミュニケーションが実現するからだ。もし紹介された両者が実際の取引関係に入る場合でも、私に対する義理人情や、私が事前に与えたイメージ上のバイアスに左右されずに判断できる。その方がはるかに親切だと思う。

パリから来られた尊敬する国際派ビジネスマンを囲んで、友人の3人の雑誌編集者に彼の著作を日本で盛り上げる企画を練ってもらう集いでも、集合をかけた当の私はまたもやお先に失礼した。パリの流儀からすると考えられない暴挙とは思ったが、私がいたらいつまでも両者は、やはり私を介しての付き合いに終わってしまう。

私は、信用できない人物や合わないタイプの人同士は紹介していない自信があるから、後は任せてしまってもいいんじゃないか、と考える。

もしそれで両者の間に何も期待していたことが起こらないようなら、そんな関係が長く続くとは思えない。また逆に、私は最初の2時間あまりで十分に会話を活性化して、新しい意識の渦をその場に形成している。

だから私が去ったあとでも、私の意識はそこに留まるとも考えている。

こんな風に語ると、そのような夜の宴席での「早引け」を、私自身の美学にまで高めて戦略的に実行しているように聞こえるかもしれない。

実は、私は自分のスタイルにはそれほどこだわりがない。その実体は、半分は「早く帰って風呂にでも入りたい」が本音の単なる酔っ払いである。それ以上飲んで醜態をさらすのがいやなのだ。

そしてまた、「お先に失礼！」されたお客様たちが、私の期待通り紹介した人物に満足してくださっているかどうか、それも、正直言って効果はまちまちだろう。

自分の時間を作るためには必要なスタイルだったが、もし試みてみようと思う方がいたら、それ相当のリスクを伴うことを覚悟して実行してくださいね。

4 「逃げる」「避ける」「断る」「減らす」「止める」

〝MORE（モア）〟ばかりでいいですか？

新年になると「一年の計は元旦にあり」とばかりに「よーし、今年は英会話を始めるぞー」「今年こそファイナンシャルプランナーの資格を取るべくガンバル」とか、「年末までに絶対結婚相手を見つけるんだ」「料理の腕を上げたい」など、それぞれ誓いを立てる人が多くなる。

たしかに戦後50年は経済社会の拡大とともに、国の予算や鉄道や道路や、私たちのなすべきことは拡大の一途をたどってきた。企業も、「もっとシェアを、もっと売上を、もっと多角化を」が共通の標語だった。

それと呼応するようにして、私たち個人の側にも「これもやらなくっちゃ、あれもやらなくっちゃ」という〝MORE（モア）〟のムードが支配した。

しかし、すでに20年以上も前の1997年に高度成長はピークアウトして、199

8年から日本は成熟社会に突入したのだ。その頃、銀行、証券、保険業界から始まって、すべての業界でリストラの嵐が吹き荒れた。

リストラと言うと、物事の本質がぼけてしまうので、もっと分かりやすい言葉で言い換えてみよう。

（1）事業がうまく行かない市場から「逃げる」。
（2）不確かでリスクの高い投資を「避ける」。
（3）付き合いや義理で続けていた取引を「断る」。
（4）不必要に抱えていたマンパワーを「減らす」。
（5）あれもこれもという社員に対する福利厚生を「止める」。

対応の早かった企業は、その10年前の1989年ころ、「バブルがはじけた」と一瞬噂されたとき、さっさと事業のリストラに着手していた。その後最低でも2〜3回は「バブルがはじけた」という警鐘は鳴っていたから、98年ごろ慌ててリストラに乗り出した会社は、よっぽどののんびり屋だったと言わざるを得ない。

その証拠に、1998年の中間決算では、全上場企業平均で10％の減益の一方で、

10%の会社は史上空前の増益を出したことが伝えられた。

早い段階でリストラを終えて、会社の〝CORE（コア）〟になるサービスや技術や事業に特化したところが突出して業績を上げ始めたからだ。インターネットの世界に限らず、メーカーや流通の世界でさえも勝者が最後に総取りする〝ウィナー・テイク・オール〟マーケットに市場が変質していく傾向が見えてきた。

〝CORE（コア）〟というのは、その企業の強みがもっとも発揮される「会社の持ち味や固有技術」のことをいう。少なくとも企業社会では、勝ち組と負け組ははっきりしたのだ。

ところが、一人一人の個人にはまだまだ〝MORE（モア）〟の呪縛がかかっているように見える。

「もっともっとグッチのバッグが欲しい」とか「もっとリッチな貴族旅行がしたい」と、ただ単に着飾るタイプの〝MORE（モア）〟星人はさすがに姿を消しつつあるが、「もっと何か、他の誰かのようにならなければ」とか「もっと他に私の天職はあるはずだ」と、青い鳥を探して歩く〝MORE（モア）〟症候群はなかなか消えそうにない。

実際、何を身につければリストラされずに済むのか、どこに転職すれば青い鳥を見つけられるのかと、いまこの瞬間も悩んでいる方々は多いのではなかろうか。

〝CORE（コア）〟を見つけるにはどうすればいいのか？

そんな時、リストラについては先輩である企業のやり方が参考になる。

結局、自分自身が本当に活きて輝く〝CORE（コア）〟、つまり自信の源になる持ち味を見つけ、それを磨くことしかないのだということ。

そのためには、リストラにおいて企業が実施した前述の5つの基本アクションが、私たちの時間のリストラにも有効になる。

① **本当はやりたくもないのに付き合いや惰性の法則でやっていたことから「逃げる」。**

ゴルフは本当に好きなんですか？

出たくもない結婚披露宴に無理して出てはいませんか？

② **本当に深くコミュニケーションしたい大事な人との時間を大切にするために、なんとなくの人間関係を「避ける」。**

家族と会話もしないで、黙々と義理の年賀状に返事を書いてはいませんか？

③ できないことは、はっきりと「断る」。

断れなくて、なんとなくずるずると続けていることはありませんか？

④ 趣味だと思いこんでやってきた数々のことの中から、本当に好きで、それをやっていると自分がリラックスできること以外は、回数を「減らす」。

スイミングクラブや英会話教室、ハワイやグッチがあなたは本当に好きですか？

旅行にあと1回しか行けないとしたら、旅行先にあなたはどこを選びますか？

⑤ 他の誰かになろうとしたり、世間の目、他人の目からみたらこうなるともっとカッコいいだろうというような〝MORE（モア）〟症候群を「止める」。

あれもこれもやってみて、あっちこっちに旅行して、あれもこれも買い揃えたけれど……その結果、自分の居場所が見えなくなってはいませんか？

閉塞感を打ち破って次のステージにジャンプするためには、膝を折って姿勢を低くする準備が必要だ。

さあ、2020年代でのジャンプを期して、思いっきり、

「逃げる」

「避ける」

「断る」

「減らす」

「止める」

ことで、自分だけの〝CORE（コア）〟を見つける時間をつくりましょう。

5　まあるい昇進制度のすすめ——「パーキンソンの法則」と「ピーターの法則」

「ピーターの法則」を知っていますか？

どんな組織でも、いったん大きくなったら逃れられない基本原則といえば、真っ先に思い浮かぶのは「パーキンソンの法則」だろう。

「公務員の数は仕事の量に関係なく一定の割合で増加する」というのが本来の意味だが、「あらゆる組織は肥大化する傾向にある」という、より一般的な原則としてご記憶の方も多いのではないかと思う。

昇進したマネジャーが優秀であればあるほど、自分の仕事の領分を広げていくために人を雇い仕事を増やし、組織は大きくなる。反対にあまり能力のない課長や部長も、組織効率を上げることなどできないから、自分自身の能力のない分、部下を必要とする。

したがって、どっちにしても組織は、放っておけば無意味に拡大していく傾向にある。

省庁再編を余儀なくされたニッポンの官僚組織の姿が、この原則の正しさを証明している。もっとも、その背後にある特殊法人などの利権構造にメスが入るのはまだまだだ。

ところで、組織を蝕むもう一つの大原則である「ピーターの法則」をご存じの方はどれくらいいるだろうか？

『ピーターの法則』の原書は1969年、50年も前に米国で出版されたものだが、その翻訳『ピーターの法則』（ダイヤモンド社）もロングセラーで、2003年と201

8年に新装版が出ている。私は40年以上前に読んだのだが、何百と読んだビジネス書の中でもいまだにベスト10にはいる。

「ピーターの法則」も「パーキンソンの法則」同様、結論はシンプルで美しい。

「あらゆる組織は無能化する」という一般原則だ。

なぜなら、「時がたつに従って、階層社会のすべてのポストは、その責任を全うしえない従業員によって占められるようになる傾向がある」からだ。

優秀な営業マンは主任に、優秀な主任は課長に昇進する。ところが、管理職として昇進したとたんにダメになってしまう人たちがいる。人柄がいいから売れていた人や、現場にいるからこそ生きた技術が昇進することで使えなくなる。マネジメントとかリーダーシップという余計な負担に耐えきれず、無能をさらけ出す。

いっぽう辛うじて生き残った人たちも、次は総括課長、次長、部長、平取《ひらとり》、常務、専務、副社長と、その能力が発揮できなくなるまで昇進が続く。

かくして、各層のポストを占めるのは、「そこで自分の無能レベルに達してしまった人たち」だらけになるのだ。

この法則は、階層組織が「昇進」を原動力に従業員の動機付けを行う限り、会社や官僚組織のすべてに当てはまる。そうして個人の本来の能力が発揮されずに埋没し、組織は沈滞していく。

「パーキンソンの法則」については、絶えざるリストラによって回避可能かもしれないが、「ピーターの法則」からは私たちは容易に逃れられない。

〝創造的〟無能を演出せよ

ピーター博士は、そこで、個人の側に「〝創造的〟無能」を演出する力量が必要だと説いている。

「〝創造的〟無能」の演出とは、自分にとって十分にチカラが発揮できるポジションで、昇進させられないように留まることをいう。

これは、組織の中で創造的であり続けるための至上の知恵である。

アメリカの若手ビジネスエリートたちの間で、部長や取締役ポストへの昇進を断って、現場に留まりながら年俸や条件を上げさせる動きがでていると聞いた。これは、現場から離れてお客さんを直接握っていない立場になると、取締役であろうとリストラされやすいという経験からきている。日本でも2000年頃の調査ですでに、有能な管理者の中に、経営者になるよりも自分の時間が大事という感覚の人が増えていることが指摘されていた。

ピーター博士がお奨めの演出法を、ここで１つだけ紹介しておこう。

「職場の共同の見舞金、結婚祝、餞別などを出すのを断わる。職場公認のコーヒー・タイムにコーヒーを飲まない。ほかの連中が外食するのに自分だけは毎日弁当を持ってくる。（中略）こうした非社交的な奇行を組み合わせて用いることは、昇進の芽を未然につみとるのにちょうど適量の疑惑と不信を醸成するのに効果がある」

新しいスタイルの「天下り」を

一方で私は、企業の側にも、個人の「〝創造的〟無能」をサポートするシステムが必要だと考える。個人の創造性を守りながら、かつ組織の強さを維持するための工夫だ。

私が提案したいのは、企業組織を下から上への一方向の昇進体系としてとらえないことである。

こういうと、うちの会社はすでに専門職制度を導入していて部下のいない管理職がたくさんいるとか、年俸制によって５階層あった職位を３階層にして組織をよりフラットにしたばかりだ、というような声が出ると思う。

しかし、リーダーシップのない人材を処遇して専門職化したために、かえって掃き溜めになってしまっていたり、年俸制を採り入れたはいいが、人事部も経営陣も能力に見合った人材を値づけする力が未熟で、結局年俸による新たな階層化に移行しただけだったり。そうした例は枚挙にいとまがない。

それでは「年功序列」が「年俸序列」に変わっただけだ。

だから、下から上への昇進幻想による「ピーターの法則」の呪縛から企業と個人の双方を救うためには、ピラミッド型の一方向の昇進体系を捨てて、「サイクル型」を導入する必要がある。**現場から始まって、管理職を経て、ぐるっと回ってからまた現場に戻るという「まあるい」昇進体系だ。**

20年かけて社長になった人が、在職4～8年の後、また20年かけて自ら降格することで、最後は現場に戻るという「円環型昇進」を採用する。

赤ん坊が少年になり、青年期、壮年期を経て老人となり、だんだんと「老人力」を発揮しながらも、最後は寝たきりの赤ん坊に還るように。横滑りや天下りで関連会社の役員に居座らせるような人事を止めて、偉い人から率先して本当の「あまくだり」を実行する。

権力の座にすがりつかずに、登りつめた後は爽やかに階段を降りて、取締役、部長、課長、一現場担当者と市井に天下るかっこ良さを見せてほしいのだ（著者注：学校現場で管理職になった教頭がマネジメント職が合わなくて精神的なバランスを崩し、一教員として現場に戻る例はあります。児童生徒から感謝され結婚式にも呼ばれるのは校長や教頭ではなく現場の担任の先生や部活の顧問ですから。最後は一先生として終わりたい学校管理職も多いのでは）。

6　「なんか、ヘンだな」を大切にすること

それは「未来に関わる仕事」ですか?

私は仕事がら、よく就職の相談を受ける。娘の就職を前にした父親との世間話だったり、母親からの紹介で息子が友人と直接訪ねてきたり。だからいつも、これから成長するであろう会社、次の時代の波に乗り遅れない会社をウォッチするよう心がけている。

そんなとき私が意識しているのは、どんな業界に属しているかではなく、その仕事は「未来に関わる仕事」だろうかという一点だ。その仕事が、私自身やってみたいと強く思うほど未来の一部を塗り変えるものかどうか。その仕事をやる私に、未来の一部を自ら編集している意識が生まれるかどうか。私は、その仕事を通じて未来に関われるだろうか。

「未来に関わる仕事」って一体どんなものだろう。

それは、映画『2001年宇宙の旅』や『ブレードランナー』や『スター・ウォーズ』に出てくるような仕事のことではない。もっと身近で、もっと当たり前の仕事のことだ。そう、未来に関わる仕事の大半は、今私たちが感じる「当たり前感覚」から生じることになる。

世の中で最近経験する、ちょっとおかしなこと。ちょっと普通じゃないこと。「なんか、ヘンだな?」と思うこと。未来に関わる仕事は、実際その辺から生まれる。

まず私自身の過去の「なんか、ヘンだな?」体験から、典型的な2つを以下にあげてみよう。

沖縄のリゾートホテルでの体験

一つ目の話。

夏（1997年）に、沖縄のリゾートホテルAで夕御飯を食べた。3泊4日で長男と母を連れて私たち家族は3人。大阪の友人の家族4人と合流したのだ。ふた家族で大人4人、子供3人の計7人。なんてこともない鉄板焼が4万5000円だった。初日の夜だったから余計ショックだったのだが、注文は大人6人分だったので1人前7500円だ。この予算なら、銀座でコース料理も食べられる。

ホテルの中で食事をするのは高すぎると思い、翌日から徹底して外食することにした。読谷村《よみたんそん》の「花織《はなうぃ》そば」では、大盛りの沖縄ラーメンや、ニガウリたっぷりのゴーヤーチャンプルがアオサ（海草）入りの味噌汁とご飯と漬け物付きで、どれも700円から1000円だ。那覇の国際通りからちょっと入った公設市場のあるアーケード街には地元の人がひいきにする「花笠食堂」があり、A定食が揚げ物2品、スパゲッティ、ハンバーグ、ご飯、味噌汁、ぜんざい付きで550円。しかもアイスティが飲み放題のおまけ付き。

バブルのさなかに建ったホテルが、集客が思うようにいかずに旅行代理店に客室を丸投げして客を入れてもらっているケースは全国に散見される。さらに沖縄や北海道では、せっかく部屋代は投げ売りされていても航空運賃が加わるとそれほど安く感じない。もはやハワイやグアムの方が安いのは、周知のことだ。

ちなみにホテルAでの朝食は1人2800円。このホテルではビーチに出てパラソルやチェアーを借りるとまたしてもお金がかかる。なんと、泊まり客にもリゾートパスなるものを買わせて5500円チャージする。私は海外のリゾートでパラソルに課金されたことはない。このパスはフィールドスポーツには効かないそうで、子供と3人でやったパターゴルフではまた4500円かかった。

部屋のテレビにはゲームマシンが備えられており、こちらは30分700円。子供たちは私の部屋で何時間も遊んだから、チェックアウトの際にテレビゲーム代だけで6000円チャージされていた。1階のブティックで売られているトレーナー類は1枚7000円から1万2000円。地元で染めた沖縄感覚の素材のいいTシャツを1200円くらいで売っていれば、逆におみやげに10枚買って帰るのにと、そのセンスを疑った。

何かが狂っていると思う。読谷村の若者であろう現地採用の従業員は本当にホスピタリティにあふれていて素晴らしいのだ。キーを部屋に置き忘れたままロックしてしまった時は、走って代わりの鍵を持ってきてくれた。ビーチで財布を落とした時も、すぐにフロントに届いていた。朝食で余ったご飯を、快くおにぎりにして子供たちに持たせてくれた。地元の人が行く美味しい食堂を、タクシーの運転手さんと協議しながら教えてくれた。

インテリアの高級さに較べて、都会のホテルにありがちな高慢さのカケラもなく、またヘンにへつらいもしない素朴な微笑みが印象的だった。だから惜しい。

プリンターが壊れた時の体験

二つ目の話。

私は自宅ではB社のパソコンを使っている。先日付属のプリンターが壊れたので新しいものを買ってきた。ところが、前のプリンターよりはるかに出力が遅い。これでは仕事の能率が上がらない。そこでB社のお客様窓口であるカスタマーアシスタントセンターに電話をかけて、理由を明らかにしようと思い立った。

B社の本社から電話番号を聞いてフリーダイヤルの電話をかける。3回かけて話し中。繋がらない。再び本社を呼び出して「繋がらないのですが、他の方法はありますか？」という私の質問に「ファックス番号もお教えしますので、合わせてかけてみてください」との返事。困っている顧客に対して「とにかく両方かけてみてください」

では解決になっていない。この時点でサービス業としては失格だ。

「ファックスなら、すぐに折り返しの電話があるんですか？　それならこのまま家で待ってなければならないでしょう」と私。「わかりません。係のものが返事をすると思います」と、早く電話を切りたい感じがみえみえの声。

4回目の電話で呼び出し音がやっと鳴る。最初のコールからもう30分以上経っている。はじめにコンピュータの自動ボイスでユーザーかノン・ユーザーかの質問が来る。つまり既に同社のパソコンを使っているか、これから購入する予定の人かをここで振り分けている。初めから電話番号を別にすれば、ユーザーサポートはもうすこしましになるのになあと思う。しばらくして再びコンピュータの声「大変お待たせしております。今しばらくそのままでお待ちください」。その後、英語で同じ内容のアナウンスがある。英語では、じきに係が応対するという表現を使っている。

このアナウンスが4回ほど流れたところで、私はアナウンスの間隔を計ってみることにした。1分15秒くらいに1回これが流れるようになっている。アナウンスを10回以上聞いて、つまり10分以上待ち続けたところで私の堪忍袋の緒が切れた。あなただって、たとえ恋人にかけた電話でも呼び出し音のまま10分以上待つことはしないだろう。

電話を切って、本社の広報室に抗議の電話を入れる。応対に出た若い男性は悪びれる風もなく「仕事が分かれているので」「そうしますとやはり0120のフリーダイヤルでユーザー窓口の方へ」とズレた対応を繰り返す。カスタマーアシスタントセンターの係に電話を代わってからも、「努力はしているんですが」「100回線に100人はりつけているんですが」「満足な状態でないことはわかっているんですが」とやはり子供のような対応だ。

苦情の電話をおいてから、私は一応文書でプリンターと本体の不具合を連絡。返事の電話がかかってきたのはおよそ1週間後だった。

日本の経済成長の「膿《うみ》」

この2つのケースとも、現場で一生懸命やっている若者にカケラも罪はない。むしろ両方とも私は現場のホスピタリティを評価する。重ねて言うが、問題はこのような情けないシステムを放っておいているマネジメントの側にある。

ホテルAのマネジメントは、現地採用の従業員と同じ温度でホスピタリティをホテル全体にデザインしきれていない。B社のユーザーサポート体制は、それを開発した人たちと同じ温度でユーザーという個人をとらえきれていない。

サービス産業は、これから一貫性の時代に入る。

英語ではこれを「コヒーレンス」とか「インテグリティ」というのだが、やさしく言ってしまえば、全体を通しての温度の共有だ。冷凍の肉まんをレンジでチンしたときに、熱し方が不十分で芯に冷凍肉が残ることがある。表面は十分に熱いのに、かんだ瞬間、後悔の念が走る。その温度の差が致命的になるのだ（著者注：アマゾンのユーザー体験の一貫性とその秀逸さを見れば、明らかだろう）。

私は沖縄が好きだから、来年もホテルAを訪ねるかもしれないし、自宅で使うパソコンとしてはB社製品に不都合はないから、ことさらC社のマシンに買い換えようとも思わない。いやむしろホテルAを訪ね続けてマネジメントがシステムをどう変えていくか見守ってみたい気もするし、B社が今後ユーザーサポートを続けるのか、それともサービスを切り離してアウトソーシングしていくのかにも、大いに興味をそそられる。

2つのケースはいずれも、いま日本のあちこちに吹き出している歪んだ経済成長の「膿」のようなものを代表している。そこにチャンスが出てくる。

私が強調したい「未来に関わる仕事」とは、このような「膿の掃除」を担当する、はなはだ地味な仕事を指している。産業社会が調子に乗ってこの50年の間に生み出してしまった人間の本来欲しない商品や失礼極まりないサービスの数々、あるいはもっとやさしく言えば、私たちの当たり前感覚から大きく逸脱したもの。

これらに亀裂が入り、日本中のあちこちに膿が溜まり始めている。

これから最も注目したいベンチャー企業は、過去のしがらみや利権にとらわれない創業者によって率いられた「膿の掃除」を担当する企業群だ。彼らは、ちょっと前のベンチャー企業ブームで出てきたハイテク企業群やインターネットがらみの基盤の怪しい経営者とは一味違うタイプで、一番底辺の現場を直に手でつかんでいる。

たとえばそれは、老人の在宅介護の現場で、病院食のような冷え冷えとした食事ではなく当たり前に温かくておいしい食事を届けること。漁業協同組合とダイバーの利害が衝突する観光地で、一件矛盾する双方の当たり前のニーズをマッチさせること。レストランの厨房や病院のごみ捨ての現場で、汚くて危険な仕事を当たり前に美しくシステム化してしまうこと。建設現場の解体工事のあとの廃材処理で、ちょっとした技術開発によって当たり前に生産性を上げること。倒産したバブルの宴の跡地を地元の人々と復興していく現場で、地元の人も来られるような当たり前の価格に戻すこと。それぞれの家に眠っている本棚の本を集めて、当たり前に再流通していくこと。ゲーム作りの現場で使う当たり前の制作キットが、子供が楽しく学習するためのツールに応用されること。

これから私は、生活している私たちのそういった当たり前感覚を取り戻すサービス産業の新たな勃興を応援したいと考えている。人間と産業のどちらが主役なのかという当たり前の問いかけに答えるために、「なんか、ヘンだな」という感覚がワンダーボックスの鍵を開くのだ。

7 東京に住むコスト

パリの物価は高い。中心部に家を借りようと思えば25万から30万円はする。シャンゼリゼのカフェでコーヒーを飲んだりランチを食べたりすれば、銀座と同じくらい高い。

一方、パリの人々の平均給与は低い。日本の同程度の力量のサラリーマンが年収450万円稼ぐとすれば、パリのサラリーマンはせいぜい半分くらいのものだろう（著者注：当時の感覚。その後日本のサラリーマンの実収入は下がり続け、現在は同程度に）。

それでも私には、どうしてなのか分からない不思議なことがあった。

メトロ（地下鉄）に乗っている人々の表情を観察していると、明らかにパリの方が東京より「生きている（ヴィーヴル）」感じがする。パリジャンの方が東京人よりオシャレだとかカッコいいとか、表面上のことを言っているわけではない。パリの失業率は10%を超えていて、若者に至っては4人に1人は失業している。それでも、メトロに乗り込んで来てギターやアコーディオンや人形劇を披露しては乗客から2フラン（40円）の小銭を稼いでいる若者たちの方が、スマホ片手にゲーム三昧している東京の疲れた若者たちより、どう見てもいきいきしている。

この違いが生まれる理由の1つは、生活コストにある。

東京の若者や大手企業の課長がパリの人々の倍のサラリーをもらっていても、東京に住んでいるコストが高すぎて、豊かになれないのだ。

ちなみに私たちの主食の米について。パリに渡る前にロンドンのビジネススクールの客員研究員をやっていた時、ヤオハンで買っていたスペイン産コシヒカリやカリフォルニア産ササニシキは5キロ1500円。パリでも5キロで2000円。どうして産米国の日本で米を買うと、はるかに高いのか。パリジャンの主食のバゲット（ながい棒のようなフランスパン）は、1本80円。東京では200円はする。

教育に関するコストはどうだろう。東京では子供1人を一貫して私立校に通わせると、大学までで2500万円かかるといわれる。パリならば、医学部へ行っても無料という道がある。

住まいのコストはどうか。私が住んだパリ16区のアパートは賃料25万円。東京の中心部の2LDKのマンションと一見変わりない。しかし20畳以上のリビングと7メートルの吹き抜け天井のある120平米のデュープレックス（二層構造）のアパートとなれば、東京ではその倍はする。また東京では1時間通勤にかける覚悟でも、4人家族で住めるアパートなら賃料は15万から20万円。パリならその額で郊外に庭付の家を借りプロバンス風ライフが楽しめる。

ニューヨークより相場が高いと言われるロンドンでも、私が実際住んだ中心部から30分の家は100平米の2階建て。ほぼ同じ広さの庭にはリスも来るほど自然が豊かで家賃は17万円。これには庭師さんによる庭の手入れも含まれる（すべて1990年代当時の相場）。

さて、それでも見かけの給料を2倍もらって、食費や教育費や住居費という生活の基本コストが倍以上かかる東京に住みますか？

8　東京とロンドン、車の値段

渡欧の直前に父が病気で倒れた。そこで、買って5年目の父のブルーバードをいったん業者に売るしかないかなと思って知人に相場を聞いてみた。

「まだ2万キロも乗ってないからエンジンは絶好調。父がきれい好きだから内も外もピッカピカの新古車みたいなやつなんだけど」

「でもねえ、5年を超えると新車か他の中古車に買い換えるんでないと査定はゼロになっちゃうんですよ。もったいないから僕が預かってましょうか?」

5年落ちの車は、まだ10万キロ以上乗れる元気いっぱいの壮年期の中古車でも値段はゼロとのこと。私は友人の好意に甘えて、この車を帰国するまで彼に預けることにした。

ロンドンに渡って隣人から買った車は、8年もののフォルクスワーゲン・ジェッタ。

カーステレオもエアコンもパワステもないが、5万マイル（約8万キロ）走ってエンジンは絶好調。値段は2000ポンド（約30万円）だった。イギリスではみな平気で10万マイル（約16万キロ）は走る。心臓部のエンジンに問題がなければ、何年落ちなどということには関係なく10万マイルまでは値段が付く。私の場合1年乗ってもせいぜい1万マイルだから、1年後に売りたければ、まだ最低でも1000ポンド（約15万円）で売れる。

個人売買をサポートするシステムがあるから、個人に売るのか業者に売るのか、じっくり比較して納得できる値段で売る。

2年半して日本に帰国した後、友人から車を返してもらって改めて2つのことに気が付いた。まず駐車場を確保して車庫証明をとらなければ車の名義を変更できない。そこで近くの駐車場を片っ端から当たってみる。ある駐車場は月2万5000円。不動産屋さんは、ここらあたりの相場はどこも2万は超えますよと言った。2週間ほど足で探した結果、家から歩いて3分のところに月1万8000円の駐車場が見つかった。

次はナンバープレートを新しく取りにいく「移転登記」という仕事だ。業者に頼むと1日の手間賃として1～2万円かかるそうだが、私は自分で練馬の陸運局に車を乗りつけ1950円で済んだ。半日で終わる。

ことほど左様に車に関しても、牛肉や土地の値段と同様、日本の値段は不思議だらけだ。

まず、あらゆる値段を一度脇に置いて考える。そして自分なら、その使用価値に対して一体いくらの値段をつけるのが妥当かを決める。面倒くさがらないで、自分の手と足で自分自身の相場観をつくる。

こうした一人一人の毅然とした決断が、がんじがらめの価格構造を動かし、日本の社会を揺さぶるのだ。

9　家を建てる費用

例えば、東京の永福町に50坪の土地を買い求め、そこに50坪の家を建てたとしよう。費用は土地代が坪200万円として1億円。建物は付帯工事や照明など含めて坪80

万円として4000万円。しめて1億4000万円かかる。仮に土地代の方を全額借金すると平均5％強の年利率なら（当時）、30年間で約2倍の2億円を返済しなければならない。

ということは、東京の住宅地に家を建てることができる人は、始めから土地を持っている人（おおかた親から相続した人）か、建物代に4000万円の現金を持ち、なおかつ土地代として年間に700万円のローンと税金を支払える人。すなわち年収2000万円以上の高額所得者に限られる。

仮にこの返済が可能な人にとってみても、利子を含めて2億円を投資した土地が、30年後に果たしてどのくらいの価値になっているか。土地価格の下落傾向を読み込んで半分の5000万円の価値に下がっていたとしたら、その人はこの土地の利用に対して、30年間で1億5000万円支払っていたことになる。これは月々40万円支払って土地を借りていたのと同じことで、えらく割高の賃料と言える。

さてここで、土地に対する1億円と建物に対する4000万円。住宅地に「快適に住まうこと」に対するこの基本的な投資を、画期的に低く押さえる方法はないものだろうか。

まず建物について。通常、住宅建設については3つのムダが起こりがちだ。

一つ目は、広告宣伝費や営業費の非効率。

全国に散らばる展示場やテレビのコマーシャル、豪華なイメージパンフレットや新聞での販促キャンペーン。これらはみな、潜在顧客を探し出して受注に結び付ける手段である。ならば「始めから、お客がいる」というところからスタートする「コーポラティブ型」の家造りをすることによって、この部分のコストは省ける。これで宣伝費や販促費、営業費を削れるから20％は安くなる。

二つ目は、流通システムの重層構造から来る中間業者のマージン分だ。

これは海外を含めたメーカーからの直接仕入れによって10％ほど軽減できる。ちなみに、ある会社がドイツから輸入するシステムキッチンは、私がパリの大型ＤＩＹ店でよく見たタイプのもので、24万７０００円の価格で神戸に入港する。

三つ目は、施工現場でのマネジメントが悪い場合に起こる。

これについては、多能工を育てたり未熟練でも短時間で家の軸組みが立ち上がるような技術開発をしたりすることによって、やはり10％改善可能だ。もちろん、このコスト削減率は敷地の形状や建築条件によって変わることになるのだが。

これらの複合的な努力で、理論的には40％のコストダウンが可能なはずである。つまり約２４００万円で、同じクオリティの家が建つ。

一方土地に関しては、思い切って所有することを諦めてしまう。というより「所有はしない」と決断する。建物と一緒に一定期間土地をリースする英国方式を日本に定着させれば、年収700万円代のサラリーマンでも東京の住宅地に土地付一戸建てが持てる。より正確に表現すれば「持てる」のではなくて、25年とか50年「住まいとしての使用価値を買う」方法だ。定期借地権はこれに近いが、地主にとってのメリットが小さくメジャーな住宅地では動きは鈍感だ。もう一段、税制面での改善が望まれる。

10　プロの仕事やプロの値付けを疑ってみる——“Cūr”（なぜ？）の復興

私は、自分の預金をX銀行からZ信金に預け変えたことがある。銀行の利子が、交渉によって変わる可能性のあることをご存じだろうか。

実はかく言う私も公務員のせがれのせいか「社会音痴」の代表格で、生まれて40年間この事実を知らなかった。もちろんある程度まとまった額を預ける前提での話だが、私の預金に対する利子は、交渉によって都市銀行のお決まりの利率から倍に上がった。一年間でみれば低金利時代においても1千万円の預金について5～6万円の利子の違いが出た。

都市銀行の店頭に掲げてある預金やローンの利率は本来、各々の銀行の実力とその時点での資金需要、それに対する個人の側の信用力や将来性を総合的に判断して個別に決められるのが自然な姿だ。大口の企業顧客には一対一の対応をやっているのに、相変わらず個人預金や個人ローンに対しては「大衆（ピープル）」と十羽ひとからげで、個別に審査したり料率を決定したりする手間を省いている。

与信のプロのはずの銀行がサボっている間に、個人に対する与信能力を磨いてこのマーケットを下流からみごとに浸食したのがサラ金業界だ。車の保険では、このへんのスキをつく外資系保険会社が全盛期を迎えている。

車の査定にも、同様のことが言える。

イギリスでなら立派に60万円以上で売れる車が、日本では「5年落ち」と聞いただけで査定価格はゼロ。プロの方々が、もしこのまま細かな審査に則ったフェアな（公正な）値付けノウハウを蓄積せずにサボっているようなことがあれば、いずれ生活防衛のために情報武装した個人同士が取り引きする時代になる。ここでは、消費税が7

%を超える時この流れは本格化し、15%にいたって主流になると予言しておこう（著者注：メルカリの登場が2013年。この本の初版が出版された1997年から16年後のことでした。なお、消費税が8%に上がったのは翌年2014年）。

家の査定にも、同じことが言える。

日本では、新築の家でも20年経てば建物の価値はなくなるなどという非常識なことが、まるで常識のように言われている。銀行に個別の資産審査能力がないせいで、土地の値段でしか与信を行なえないからだ。

欧州では、家はそれを大事にする人が住む限り、土日や休暇ごとに手が加えられて段々価値が上がっていく。自分でキッチンキャビネットや部材をホームセンターで買ってきて半分家を作るから、買う方も売る方も、個人はみな独自の鑑定眼をもったセミプロだ。

今一度、私たちの素朴な「なぜ？」を照れずに復興させよう。

私たち素人が「なんか、ヘンだな？」と感じる不思議なことを、そのまま放っておかないでお互いに発信してみる。戦後50年の間に錆び付いてしまったプロの査定や相場観も、もう一度疑ってみる。

ラテン語の「なぜ？」は“Cūr（キュール）”。そこから“Curiosity（好奇心）”という英語や“Curiosité”というフランス語が生まれた。一人一人の「なぜ?」「なんか、ヘンだな?」という素朴な好奇心を殺さずにつなげて育て、日本特有の不思議な価格をもっとフェアな方向に動かしていく。

いま、私たちの意識の中での“Cūr”の復興が、その鍵を握っている。

第2章　自分の「時間割」で生きる

この章には、学校や塾での時間割や会社のスケジュールのように、誰かに定められた時間に従うのではなく「自分の時間割」で生きる知恵が満載されています。自分の時計《クロック》とは何なのか？　ぜひ、見つけてくださいね。

1　腕時計をはずして――自分の時間《クロック》のオーナーになるために

私たちの時間感覚は意識せずに刷り込まれている

自分があまり意識することなく持っている時間感覚は、赤ちゃんの頃から家族での生活を通して体に刻み込まれた感覚をコアにして、幼い頃からの様々な体験や学校教育が半ば暴力的に学ばせたもの、あるいは会社にはいってから日々の仕事の中で身に付いてしまったものなどが混ざりあって、できあがっている。

大人は、自分の時間感覚を他人も共有していると思い込みがちだ。

だから実際、会社の上司は自分の時間感覚を部下に強制的に押しつけるし、工場では全員が全員、同じ時間を共有していないと流れ作業の中でスムーズにものが作れない。その意味で産業化というのは「時間感覚の画一化」のことを指すのだし、産業革命は時間革命だったと言える。

戦後日本の急速な産業主義の振興も、一人残らず腕時計をつけさせることから始まった。

時間の呪縛から解き放たれることはできる？

ところが、人間の時間感覚は本来もっと柔らかくて、一人一人に固有のものである。

その証拠に、赤ちゃんは夜も昼もなくお腹が減ったら泣くのだし、幼児の時間は大人よりはるかにゆっくりと豊かに流れている。面白ければ金魚に一日中でも餌をやって飽きないし、砂場で山を作る喜びを覚えると、大人が「いい加減もう帰るわよ。おかあさん、買い物に行かなきゃならないんだから」と、不本意な中断を強いるまで止めない。

もともと人間の「生」の前に横たわる時間は、学校の勉強や会社の仕事で決められた時間感覚とは異なって、はるかに豊かで柔らかいもののはずなのに、私たちはそれを、学校や会社で流れている時間と同一視してしまうクセがある。

どうやら、自分の人生に関わる時間感覚については、勉強をするときや仕事をするときに他人と一緒に共有する時間感覚とは別種のものだ、と考える方が良さそうだ。

だから人生について考えるときには、腕時計をはずしてしまったほうがいい。

私がここで紹介する3つの知恵は、時間感覚を画期的に変えるためのきっかけにすぎない。でもそれは、自分の人生のオーナーになるための基盤として「自分の時間のオーナーになるための知恵」でもあるのだ。

いま、このときは二度と訪れない

一つ目は、目の前で今会っている人との時間は、「二度と訪れない」と考えること。

日本には古くから、人との出逢いに関して一期一会の哲学があった。「今日会うあの人とは、明日は会えないかもしれない」という考えは、戦国時代にはまさに現実的なものだった。自分自身か、あるいは、いま自分が会っている客人が、明日にも殺される可能性は日常的にあったから、まさに「死」は日常だった。

だからこそ、この一瞬を深く味わいながら記憶の中に永遠に留めようと、真剣勝負の気迫が出逢いの場を支配した。「この一瞬は永遠であり、永遠とは今この時のことだ」という禅の哲学は、ここから発する。

ところが、明日には死なないだろうというお約束の平和な時代が訪れると、私たちの時間に対する真剣さは、かなり後退することになる。

学校では、みんな明日も再び教室に現れることを前提に宿題が出されるし、会社では、1カ月先、2カ月先の会議まで設定され、スケジュール表が埋め尽くされていく。

私たちの時間感覚は、学校にとって、会社にとって、社会的な管理にとって都合のいいように、まず次第に弛緩し、打ち馴らされ、成型されてきた。大工にとって使い勝手がいいように、長さが一様で均質な鉄の釘を大量に作る過程のように。

そして、スマホやSNSがこの一瞬の大切さを私たちに忘れさせることに追い打ちをかける。時間に遅れても、スマホで連絡すれば大丈夫。

「それじゃあ、あとでまた連絡してね」

こうして、今このときに自分の目の前にいる相手とのコミュニケーションが、だんだん希薄になっていく。SNSのようなコミュニケーション・ツールが充実すればするほど、逆説的に無限に薄まっていくのだ。

私は禅宗の坊さんではないし信者でもないから、「一瞬は永遠なり」と唱えながら、出逢う人、出逢う人と、真剣勝負をするだけの気迫はない。

ただ、いま私の目の前で会って話をしている人に対しては、次のように想像して向き合う努力をしているつもりだ。

「この人とは、明日会えないかもしれない。自分が脳梗塞で倒れちゃうかもしれないし、相手が交通事故に遭うことだってあるだろう。また、この人とは前世とやらがあるとすれば、どこかで会ったかもしれないし、争って斬りあった相手かもしれない。来世というものがあるとすれば、またお世話になるかもしれないし、今日の縁が高じて親子になったり、結婚しちゃったりなんてことも、万が一起こらないとも限らない。でも、やっぱり、もう会えないかもしれない」

だから、ちょっとだけこの人と自分との間に今、何かを残そうと気構える。

今この時と永遠という時間は、こんなふうに柔らかくつながっていると考えた方がよさそうだ。

人生は、ホントに山なりに上がって下がるカーブなのだろうか

二つ目は、もっと長い人生の時間感覚についての話だ。

たいていの人は、「自分の人生のカーブを自由に描いてください」と言うと、正規分布のような、次第に上がってやがて下がっていくカーブを描く。若いうちはだんだんと上昇し、やがて頂点を迎えて、そして晩年にはゆっくりと降りていく［図1］のような山なりのカーブである。

［図1］

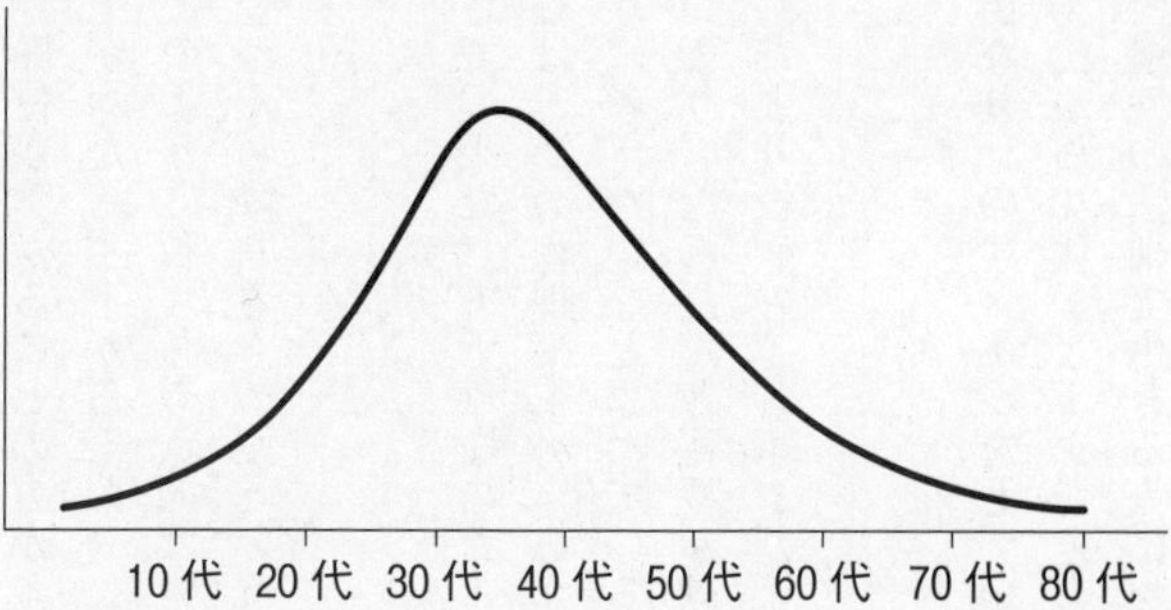

山の姿を見たり、絵に描いたり、数学で積分を習ったり、株価の推移や「会社の寿命30年説」など、山なりのイメージが私たちの意識に働きかける機会は実に多い。

ＴＱＣ（総合的品質管理）における有名なパレート図のように、従業員のミスの数や製品の欠陥には統計をとってみればいつも山なりの正規分布が現れるという話も聞いたことがあるかもしれない。

たしかに「人生山あり、谷あり」という諺や、平家物語の根底を流れる「盛者必衰の理《ことわり》」のように、教訓話には必ず「上がったら、下がるものだ」というイメージが含まれている。

私たちの生活でも、デパートのエレベータで8階の催し物売り場に行って買い物をしたら、そのあと下りのエレベータに乗って帰る。テストで成績がクラスの上位になっても、そのあとボーッとしていれば、順位が下がることの方が多い。

上がったら、下がるもの。

このように私たちの意識はいつも山なりのイメージに支配されている。だから、山に登ったら降りるものだという鉄則は、人生においても、不動の真理のように見えてしまう。

さて、果たしてそうなのだろうか。

私は、この物理学上の一般法則に逆らって、自分の人生のイメージを、［図2］のように考えたいなと思っている。

つまり、だんだんと蓄積が効いてきて、年をとるほど人生が豊かになる「ゆったりとした上り坂」のイメージだ。これだと、死の瞬間まで人生の豊かさが蓄積されていく。

「山なり」のイメージをしている人には「山なり」の人生が来る。

20代から30代がピークだと考えて、あとは落ちていくだけのイメージを抱いていたら、慣性の法則で生きる人になってしまう。

［図2］

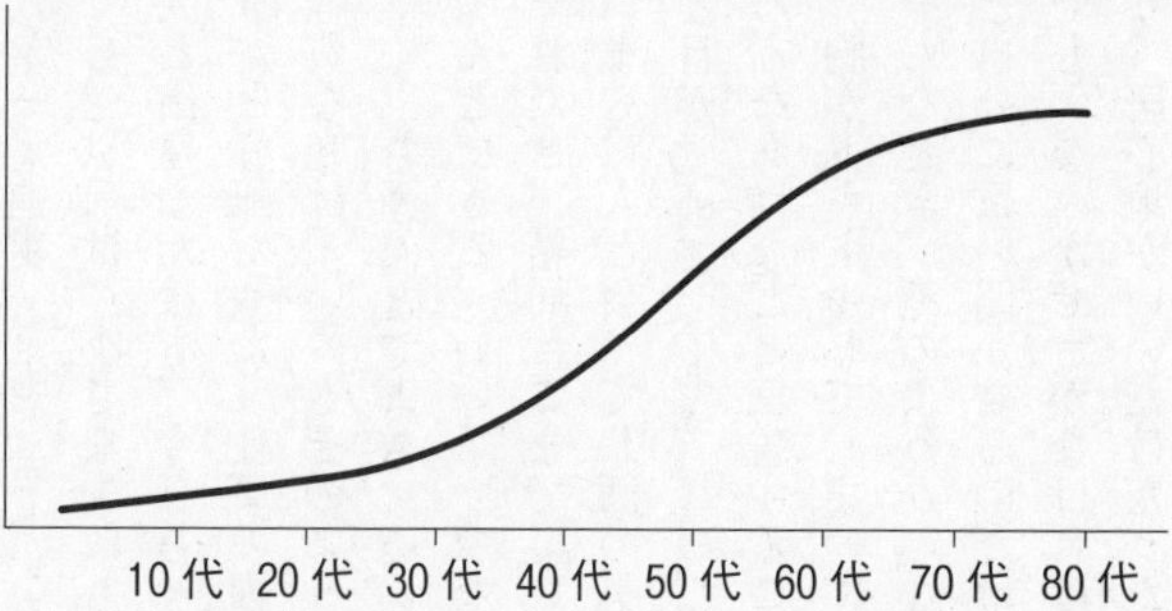

不安でも、自信がなくてもいいから、とにかく自分の人生は「死」に向かって上り詰めていくと考える。

小さな山や谷はしょっちゅうあるはずだ。実際、うまくいっているときの思い出などは、なぜか後から振り返るとけっこう味気なかったりする。逆に、「もうやってられないよ」と思い悩んで落ち込んでいた時期の方が、いい思い出になったりもするものだ。

そうして他人に語るに足る挫折や病気や失敗を繰り返すうちに、コミュニケーションの厚みと深みが増していく。どんどん自分の物語が蓄積されて、豊かになっていくわけだ。

私は、そう考えるようにしてから、前より失敗を恐れないようになった。

「いい子」を追求しても、苦しいだけ

でも、以前は、小さな失敗も怖かった。

人と出逢った後も、今日ちゃんと自分は好かれただろうか、嫌われはしなかっただろうかと心配だった。仕事の細部だけでなく、人間関係にも完璧主義が入り込んで、神経質な私は、いつもそのような「ほつれ」に恐怖していたように思う。

「早く、ちゃんとできる、いい子」でなければならないと気負っていたし、「早く、ちゃんとできる、いい子」でなければ、愛されないとも感じていた。

それだと、結局どこまで「いい子」を追求しても、苦しいだけなのに。

いまも、人と会ってお酒の勢いもあって正直にものを言ってしまった日、夜中にはたと目が覚めて、「あぁ、言い過ぎちゃったなあ。傷つけちゃったかなあ。嫌われるだろうなあ」などと反省することがある。相手が昔からの付き合いの人だったりすれば、胸がドキドキしてしまってもう眠れなくなる。

そんなとき、そのような「なみかぜ」が、のちにその友と語るに足る蓄積になるのだと自分に言い聞かせるのだけれど、なかなかうまくいかず、やっぱり寝付かれない。

でも「なみかぜ」がなければ、結局、語るべき関係にもなれない。ただ仲が良かったり、居心地がいいだけだったり、嫌われたことがなかったり。だったら、お互い老人になって再会したとき、ただ黙って会釈し合うしかないだろう。

画家のゴッホは、35歳から死ぬまでのわずか2年半のあいだに、「ひまわり」や「アルルの跳ね橋」などの最高傑作をものにした。世界で4兆円の売上規模に達するマクドナルドの創業者レイ・クロックは、52歳で第1号店をシカゴに開いた。そして私の母は、66歳で生まれて初めて沖縄の海で孫と一緒に泳ぎを経験してから、「面白かった」と言ってスイミングスクールに通い始めた。

失敗や波風の蓄積で一杯の人生には、もうひと山を描くことに遅すぎるということはないだろう。

10年先への「志」と「いま」との関係

時間感覚の三つ目の話は、今と10年先とを如何につなげるかということ。

たいていの大人は、「今を生きるのに精いっぱい」の状態か、「10年後を夢想しながら、それでも今を生きている」状態かのどちらかだろうと思う。

たまに「10年後の世界にもっぱら生きてしまっている」狂気の人もいる。そのなかで、千人か万人に一人は次の時代が来れば「天才」と呼ばれることになる。天才画家ゴッホのように。

「10年後を夢想しながら今を生きている」場合、夢想しているだけでは現実にはならない。夢見ているだけではイメージが現実となる確率は低い。かといって、今日の仕事を投げ捨てて夢に生きるには、相当な決断がいる。会社を辞めなければならない。収入がなくなるかもしれない。夫や妻が認めてくれなければ、離婚しなければならないかもしれない。そうした現実が、そこここで私たちを制約する。

では、いったい、現実と夢の折り合いをどこでつければいいのだろう。

今自分が取り組んでいる仕事に、10年後のエッセンスを混ぜてしまうというのはどうだろう。今の仕事に10年後の夢を1割だけ紛れ込ませる。

さらに未来から逆にたどって、そこへ行くための3年後のイメージも3割だけ紛れ込ませてみる。

あとの7割は、「今の仕事」として、当たり前に取り組めばいい（［図3］）。

たとえば、10年後の私の家族は、長男が19歳、次男は14歳、長女が12歳。みな日本にいるとすれば、少なくとも2人は日本の中学校のお世話になっている。

中学校はイジメや学級崩壊のような問題が山積みされているようだし、私自身も14

[図3]

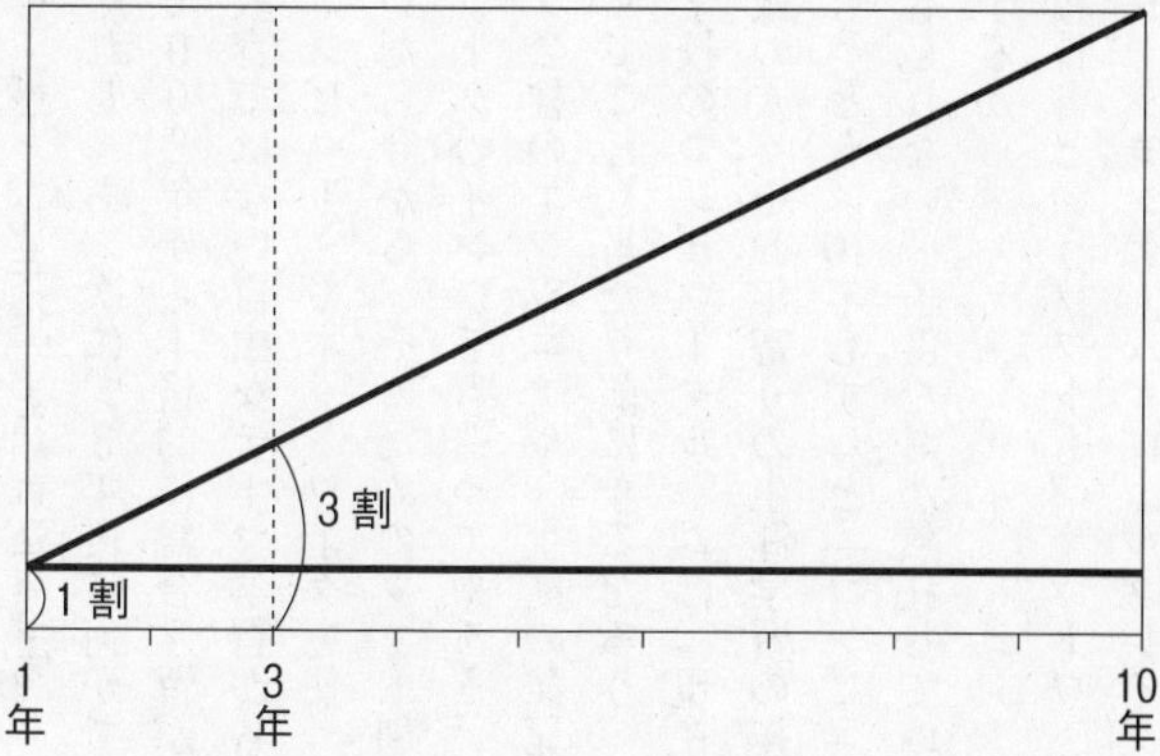

歳の時に万引き事件を起こした経験があるから、私の意識はかなり中学校の教育の問題に向いている。だから私自身が、何らかの意味で中学校教育の改革に役立てると嬉しい。

さらに、それが稼ぎにもつながるとなお嬉しい。小中学校の教育改革。とりわけ、子供たちの潜在的な能力を引き出していく新しい方法の開発に主体的に関われるなら、それは私自身の最も大事なテーマの1つになりえるからだ（著者注：私が東京都では義務教育初の民間中学校長に就任するのはこの本の初版出版から5年後、「教育改革実践家」を名乗ってプロとして仕事をし始めるのは10年後、52歳のことでした）。

常に1割の「10年後」を紛れ込ませる

それじゃあ、次に、3年後に何ができるだろうかと考える。

2002年から本格的に総合学習が採り入れられて、国語・算数・理科・社会の教科教育ではない自由なテーマ学習が各校の特色を生かしながら実施される。

コンピュータやネットワークを使った情報学習にも、重点が置かれるようになる。だったら今から、そのためのソフト創りをやってやろう。子供たちが使いやすいネットワークのインフラも造ってやろう。そのころになれば、学校のそばにあるコンピュータ会社のエンジニアや、生徒の父兄やOB・OGが、先生と協力して授業を進めるなんてことも当たり前になるだろう。

学校のコンピュータルームは、現在すでに行われている土日の校庭開放と同様に、地域の人々やお年寄りの生涯学習の拠点としても開放されているかもしれない。

もっとも、10年もすると「コンピュータ」などと改まって呼ぶ時代は終わっているかもしれない。子供たちが熱狂しているハンディなゲームマシンのようにハードも進化するから。

教科書というソフトも、ネットワークと結びついて、アドベンチャーゲームやシミュレーションゲーム、ロールプレイングゲームのようなゲームソフトの良さを採り入れてもいいだろう。そして子供たちが夢中になってテーマに取り組んでいるうちに、次の時代を拓く「生きるチカラ」が自然に身についているように。

「それならば、今、自分に何ができるだろうか」と、私は考える。

そんな発想から、ゴッホの絵を3Dで取り込み、画家の描いた世界を自由に歩き回れるアートアドベンチャーゲーム「ミッション・ソレイユ――太陽をとりもどせ」(メディア・ファクトリー発行／2000年発売、現在は廃盤)が生まれた。

自分と家族の人生にこだわって、このように「10×3×1」という仕事のやり方を続けていれば、3年たてば〝10年後〟は3割近くを占めるようになり、10年たてば「10年後」は10割になるはずだ。

次の年に、常に1割の「10年後」を紛れ込ませる努力を惜しまなければ、夢は、尽きることなく実現しつづけることになる。

まず、1割から始めてみよう。

2 余命が3年、3カ月または3日だとしたら

もしあと3年しか生きられなかったら

もし自分が末期癌のような不治の病にかかって、あと3年しか生きられないとしたら、一体何をしてその3年を過ごすだろうか。

振り返れば、私たちは、幼稚園から年少、年中、年長と3年保育で育てられた。小学校でも4年生になるときにクラス替えがあったし、みんなの塾通いも始まった。小学生としての記憶が比較的鮮明なのは4年生からの3年間だ。中学や高校も3年で一区切り。大学のクラブでも就職活動が始まるまでの3年の付き合いだった。

会社に入っても3年くらいは丁稚奉公のようなもので、飲み会の席では、新人もしくは若手の一翼として一気飲みの犠牲になった。

営業の仕事も企画も広報も、3年くらいで慣れてくる。関わらなければならない人々との関係ができ始め、仕事の段取りが1人でつけられるようになる。課長になっ

ても3年くらいでマネジメントの勘所、つまり一体何をマネジメントすればよいかがわかってくる。

トップダウンで降りてくる中期経営計画や業績目標の設定も、たいていは「3カ年計画」の体裁をとる。

こうして私たちの体は、3年ごとのリズムを刻むようになっていく。

だからかもしれないが、3年あれば大抵のことはできるような気もしてくる。

もう一度毛筆の習字を習って、何度も静かに真っ白い半紙の上に筆を運びながら、「あと3年」という死の宣告のショックから立ち直ろうとするかもしれない。

それとも、1回だけ小学校のとき発表会に出ただけで中途半端に終わったアコーディオンをもう一度マスターして、生涯最後のコンサートに臨むのもいいかな。

子供たちみんなに学校を休ませて、アジア、アフリカ、南アメリカと1年ずつ、まだ見ぬ世界を旅しながら、少しでも強烈な思い出を彼らの中に残そうとするのもいい。

もちろん、いざその場になってみれば、そんな立派な中期計画が立てられるかどうか、はなはだ怪しい。動揺のあまり1年くらいふさぎ込んでしまって、建設的な計画が立てられるように自分を律するまでに案外持ち時間の3年がかかってしまう可能性もある。

最後まで諦めずに最新の治療法を求めて医師や新薬を探し回るのかもしれないし、末期の恐怖に耐えかねて自殺を試みるかもしれない。

いずれにしろ、3年という残り時間があるならば、なにか小さなことでも成し遂げることができたり、絶望の淵からぎりぎり帰還することで、心が鍛えられていく可能性がある。3年という月日は、よかれ悪しかれ、自分の人生の最後にもう一つの物語が追記されるに足る時間のようだ。

余命3カ月、そして3日だったら何をしようならば、3カ月だったら、どうだろう。

あと3カ月しか命がないとしたら、あなたは何をして貴重な残り時間を過ごすだろうか。私の場合、それが3カ月だったら、もう新しく何かを企てようということをせず、90日という時間を90人の友人との長い長い会話に割くだろう。

普段なら仕事の合間の小1時間だったり、夕食時の限られた2時間だったりするのを、一人一人と紡いできた時間をかみしめるように、一時一時を慈しむように、人生を共有した友人たちと一日中話していたいと思う。

そこには、この世からいなくなったあとも私のことを覚えていてもらいたいという、いや、忘れて欲しくないという赤裸々な欲望と恐怖とが共にある。

限られた時間に対する「いとおしさ」は、最終日へのカウントダウンに従って、60日、30日、2週間、1週間と、等比級数的に大きく、そして深くなっていくはずだ。

そして、最後の3日間が来る。

あと3日しかないとしたら、あなたはどんなことをしてこの世との別れを準備するだろうか。

私にももちろん、決定的な答えはない。

別れたくないよと、間際になって気も狂わんばかりに泣き暮らすのかもしれない。

誰かを道づれにしてやろうと、殺人鬼に変身してしまう恐れもある。あるいは、案外さばさばして、お世話になったみなさんへのお礼の手紙を書き出すかもしれないし、急に新興宗教に入信してブッダの涅槃の真似事をするのかもしれない。

しかし、いずれにせよ死は確実にやってくる。

「なぜ、すぐしないんですか?」

ここまで書いてきて、いや、書いてきたが故に、私には気づくことがある。

私がここまで、残り時間にやりたいこととして挙げたいくつかのこと……習字の練習も、アコーディオンも、アジア、アフリカ旅行も、友人との長くて深いコミュニケーションも、あるいは、今までお世話になった方々への心を込めた手紙さえも……実は、健康な私が、いま、すぐにでもできることではなかったか。

絶望のあまりの自殺未遂や道づれ殺人というようなダークサイドに転落してしまう行為は別として、「あなたの命に限りがあるとしたら、まず何をしたいですか」という問いへの私なりの建設的な答えのすべては、「あなた、何で、今すぐそれをしないんですか?」という素朴な問いかけに、ただ無言で立ちすくむしかない。

それらは確かに、今、すぐにでもできることなのだから……。

日常生活の中では、私たちの人生を豊かにするのに一番大事な友人や家族とのコミュニケーションさえ、「いつでもいいか」という感覚に支配される。

明日また会えると思えば、今日は表面的な話で十分だ。

今度また、大事な話をすればいい。

そのうちに、知り合いが自然に友人となり、友人が親友となったり、男と女が夫婦となったり、夫婦の寄り合いが家族となる決定的な瞬間が訪れるだろう。と……みんな保留しながら生きている。「また、今度ね」……と。

3　拾うためには捨てなければいけない

これからの社会はトランプゲームの世界

まずは、トランプゲームをしている自分を想像してみてください。ポーカーでもセブンブリッジでもいい。手持ちのカードをもっと強くしたり、ハートやスペードのマークで揃えたりするためには、いらないカードを場に捨てて、新しいカードを引く必要がある。手持ちのカードから1枚捨てるのが先で、そのあと積んであるカードから1枚引くことに。

もしあなたがまだルールの分からない子供なら、手持ちのカードを捨てないで、ひたすら新しいカードをもらうことを続けるかもしれない。そうするとあなたと場を囲んでゲームをやっているお母さんやお父さんは、ニコニコしながら、「まあ、子供だからしょうがないなあ、でもね、自分のカードを捨ててからなのよ」と、やさしく笑ってたしなめるだろう。

ジョーカーも入れて、53枚のカードが増えることのないトランプゲームの世界。それが、今私たちが住んでいる成熟社会だ。

今までの日本は、カードがゲームの最中に続々と供給されてどんどん増えていった。だから子供のように、自分のカードを捨てることなくひたすら場からカードを自分の手に加えても、誰も文句を言う人はなかった。手持ちのカードはポーカーのように5枚に限られてはいないし、セブンブリッジのように7枚に限られてもいなかった。好きなだけ自分のカードを増やすことが許されたわけだ。

ところが、突然カードが増えない世界がやってきた。それが成熟社会の日本。

でも、53枚のカードだけでやるトランプゲームを思い浮かべることができさえすれば、「捨てることなくして、拾うことなし」という、人生ゲームのルールも理解できるだろう。

この単純なルールの精神《スピリット》について、今まで、いろんな人がいろんな言葉で語ってきた。

「後ろのドアを閉めなければ、前のドアは開かない」

「捨てる神あれば、拾う神あり」

「身を捨ててこそ、浮かぶ瀬もある」

人間の潔《いさぎよ》さは、どうやら、「どうやって拾うか」より「どうやって捨てるか」に、現れそうですね。

4　もうやーめた！　の術

この10年でしなくなったこと

10年ほどの間に、ずいぶんいろいろなことをしないようになった。普通は、ずいぶんいろいろやることが増えたものだと感慨に浸るものなのかもしれないが。

まず、お酒の量が半分以下に減った。ビールからはいるのは今も変わらないが、すぐに好きな赤ワインに切り替えてしまうので、実際そんなに量を競うほど飲めない。ビールの大ジョッキに日本酒を入れて一気飲み競争をした頃が懐かしい。ハシゴをしなくなった。せいぜい2軒目の途中で失礼というパターンだ。カラオケには月に一度も行かない。

ゴルフを止めた。一時は、広報課長としての接待で、3連休に名門コースを3つ廻るような贅沢もやらせてもらった。

絵を買わなくなった。このあいだ久しぶりに渋谷の井の頭線の駅前で、イタリアから来ていた留学生風の絵画売りからフランスの作家のプリントものを3000円に値切って買った。ささやかなフィランソロピー（社会貢献）のつもりだ。

テレビを見なくなった。

新聞を過剰にフォローしなくなった。妻が取っている朝日新聞を盗み見る程度だ。いすず117クーペに10年乗ったあと、新車を買っていない。ロンドンでは30万円でVWジェッタを求め、パリでも引き続き乗った。日本に帰ってきてからも、父の乗っていた中古車に乗っていた。

本もだいぶ選んで買うようになった。前は気になるものを片っ端から買い求めて、いつも5冊くらい机の上にたまっていないとなぜか不安だった。今も5冊は積んであるが、図書館から借りることが多い。古めの本はその方が探す手間が省けて便利だ。

着るものもほとんど買わない。幸いサイズにそれほどの変化がないので10年前のものを平気で着ている。さすがにスーツはしっかりしたものを着ようと思い、ロンドンにいる間に月曜日から金曜日までの分を5着作ってしまった。大事に着れば50年もつとテーラーが言うように、私の孫がこれをほどいて作り直したりすれば素敵だなと思う。

パソコンも中古のものを譲り受けた。息子に買った電子ピアノも松戸の主婦の方から2万円で譲ってもらった逸品だ。パリで買った2人乗り用の乳母車は、双子が生まれるお友達にプレゼントしたいというOLの方に、同じ方法で2万円で売った。結局不要になった乳母車を、欲しかった電子ピアノと市場で交換したようなものだ。耐久消費財に関しては、帰国してからの必要に迫られて洗濯機と冷蔵庫と炊飯器だけを新品で買った。これらは、不思議なことに中古の方が高かったのだ。

結婚式には出ないことにした。そのかわり、親しい人から結婚の案内があった場合には個別に2人をお招きしてワインでもごちそうし、じっくり話を聞くスタイルにした。30代までで50組近い結婚式に出たし、15組以上の司会も務めさせていただいた。自分の結婚式にお招きしたくらいの人数分は、もはやお返しができたように思う。

葬式には、本人と親しかった場合や亡くなられた親御さんの顔をよく知っている場合以外は出ない。自分の親にもしもの事があった場合でも、親の顔も知らないのに私宛の弔問になど来て欲しくない。香典もカタチだけの電報もいらない。ただ、しばらくは放っておいて欲しいと思う。

数えてみたら、こんなふうに12種類も止めていた。

これくらい止めて初めて、自分の時間ができる。

自由な時間が最も価値が高い

経済的にみれば大きな物を何も買っていないわけだから、もっとお金が貯まってもいいはずなのだが、この間の資産の目減りでそれも帳消しになった。株では数百万円損をした。以後私は、自分の力の及ぶ範囲の会社の株しか買わないことを方針にしている。自分の努力がかけらもないような他力本願投資で、「棚から牡丹餅」の時代は終わった（と、大損して思い知らされた）。

89年に買った建売住宅の価値は、銀行へのローンの利子を含めて、かけたお金の半分くらいになった。でも私たちの家族文化の形成には計り知れない価値を生んでくれた。散歩の楽しさを知った。息子は坪庭をいじりながら多くのことを学んだ。食べ終わったビワの種を植えようとして土を掘ると出てくるミミズや、梅雨時にいつも不意に訪ねてくるヒキガエルも大切な舞台の脇役だ。隣近所がすばらしくいい人たちだったことも大きかった。

土地の純粋価値というハード面だけでなく、そんなソフトの価値まで含めれば2、3割下がった程度と考えてもよい（と、自分を納得させている）。

所有している絵の価値も、半分以下には下がっている。

というよりは、原画を除いて版画類には二次市場が形成されていないから、はっきり言って売れないだろう。でも私にとってはどれも思い出のあるもので、当時の価格のまま価値は眠っていると信じている（と、考えることがどうやら健康には良さそうだ）。

「物欲はもはや消えた」などと、枯れたようなセリフを言うつもりはない。

自由な時間に対する欲を満たすために、どうでもいいものについて1つずつ止めてみただけだ。それが、限りある資源の中でぎりぎり豊かに生きる近道だと考えているから。

5　刷り込まれた嫉妬から自由になる

嫉妬は刷り込まれている

日本に暮らしていると、どういうわけか「標準的でないもの」に嫉妬を抱くようになる。

宮家の方々を除いては、豪勢に暮らしている金持ちの生活が腹立たしい。売れっ子のタレントや伸び盛りの経営者も、時代の寵児としてしばらくもてはやされてから、小さな不祥事（多くはお金か異性に関するスキャンダル）をキッカケに、ここぞとばかりに引きずり下ろされる。

それは「マスコミがやっていることでしょ」と、あなたは言うかもしれない。

でも、そのマスコミは、雑誌をたくさん売りたいから、視聴率を少しでも上げたいからそうしているのだ。読者が喜ぶから人気が出てきたその人の話題を提供し、視聴者がもうそろそろ彼女の人気に飽き始めたからアラを探し始め、みんながそうして欲しいから、スキャンダルで総攻撃をかけ華やかな表舞台から引きずり下ろす。

一方、新聞や雑誌の中吊りが「けしからん！」と言うから、読者も自分が思っていたよりもっと「けしからん！」と思い、テレビのキャスターが「許せないですね」と言うから、視聴者もやっぱり「許せない！」と思う。

そうして、あなたがちょっとだけ嫉妬した感情は、マスコミやSNSのネットワークを通じて増幅され、増幅された集団心理が再びあなたの気持ちに働きかける。対象となる人間に対して、明らかに「天誅がくだった」状況が確認されるまで、誰が主体でやっているのか分からない断罪は続く。

でもその怒りは、本当にあなた自身のものだろうか。

刷り込まれた感情は私のものではない

私たちは、戦後の日本が掲げた会社主導の産業主義の中で育ってきた。

企業に優秀なブルーカラーやホワイトカラーをたくさん送り込めるように、処理能力に優れた人材が学校教育によって大量生産されたのだ。よいブルーカラーやホワイトカラーとは、任された仕事を「早く、ちゃんとできる、いい子」でなければいけなかったから、学校でも家庭でも、またテレビや新聞が奨励する模範的な子供もみな、

「早く、ちゃんとできる、いい子」が基本になった。

とりわけ「いい子」というのは、「協調性」に優れ、みんなと仲良く遊べる子でなければならない。そうでなければ、工場でも会社でも標準化された仕事がうまく進まないからだ。

「みんな仲良く元気よく」が、無条件にいいことだと私たちは刷り込まれてきたのだ。

一方、日本は国を挙げて商品の標準化を急ぎ、標準化された商品の大量消費による経済の発展を期待したから、商品の買い手としてのブルーカラーやホワイトカラーもみな、いい消費者として標準化されていなければならなかった。

こうして、1億国民が一丸となって標準化された商品を造ることに精を出しながら、同時に、標準化された新製品で家を一杯にする中流の暮らしむきを実現することが、「日本の宗教」としてみごとに普及したわけだ。

みんなが標準化されていく過程では、宗教における教理や戒律と同様に、「同調せよ」という無言の強制力が働く（社会学でいう同調圧力）。

あんまり目立ってはいけない。あんまり突出してはいけない。

実際だってお金儲けをした人は、裏で何かあるに違いない。下層から這いあがって会社を興したような人は、人格がどこか卑しいに違いない。初めからクラスが違う人ならともかく、同じ中流層から成りあがって成功した人はやがて失敗するだろう。

いや、失敗させなければいけない。

嫉妬心という警察官

みなが中流であることを乱すようなものに対する「嫉妬」という警察官が、マスコミというパトカーやSNSという派出所の巨大なネットワークと結びついて、標準から外れた異邦人を取り締まる夜警の役を引き受けた。

だから日本には、自分は失敗するのはいやだけれど、いったん有名になった成功者の失敗をテレビや新聞で見るのが大好きな大衆が形成された。

もし、あなたが、このような大衆の1人ではないと言い張るなら、今日自分が「けしからん」とか「許せない」と思った感情が、本当に自分自身の感情からきているのかどうか、一度疑ってみる必要がありそうだ。「嫉妬」という、本来人間にとって自然な感情でさえも、現代のシステムに呪縛されていて、本当に個人の心の底から湧いでる豊かな妬《ねた》みや嫉《そね》みとは、かけ離れたものが支配しようとする。

自分自身の中から自然に発露してくる「嫉妬」を抑える必要は毛頭ないけれど、システムが生み出した「システム維持のためのジェラシー」には、ほどほどの付き合いをしておく方がよさそうだ。

だから私は、朝のニュース以外、テレビを観ない。

自分探しという無間《むげん》地獄

もうひとつ、コマーシャリズムによって作り出された「自分探し」という強迫観念もある。

今やっている仕事は自分に合っていないんじゃあないか。転職を繰り返すうちに、本当の自分に出逢えるかもしれない。でも、いくら職を変えても、何をやっている自分が本当の自分なのか、分からない。そんな不安が常にある。果たして私は、どこか他のところにある天職に、いつか巡り会えるだろうか。

あるいはまた、この人は究極のパートナーじゃない。今まで、いいところばかりを見ていた感じ。こんなとこ、あんなとこが、不足している。もっと完成された人じゃなきゃ。いつか、どこかの誰かが、本当の私を引き出してくれる。本当のパートナーが、ホントの自分を迎えに来てくれる。

こうして、「自分探し」の旅は続く。

実は、視点を資本主義システムに移して正直に言うと、比較的お金を自由に使える若者たちが「自分探し」の旅をひたすら続けて、お金をあちらこちらにバラ撒いてくれるのが一番ありがたい。

けっして「今、ここにいる自分」に満足することなく、自分はもっと別の誰かなのではないかと青い鳥を追いかけ続けてくれる方が、日本経済にとっては、とっても嬉しい。

だからコマーシャリズムは、あなたを「自分探し」の旅に追い立てる。

やがて、ヴィトンもグッチも手に入れたあなたは、ハワイにもパリにもさんざん旅行した末に、今やっている仕事に意味を見いだせないまま、いざとなったら1人でも生きていけるようにとマンションをローンで買い、生命保険に入り、投資信託も購入し、さらに自立した人間の証《あかし》としていくつかの資格を取り、ダイエットのためにスイミングスクールやジムにも通い、あれもこれもやってみるのだが……やっぱりコレっていう自分が見つけられない。

そして今日も、電車のなかで、スマホにLINEメッセージが入っていないかどうかチェックしている。誰か他の人から自分が求められていないかどうか、一日中チェックしている。このスマホじゃあエアドロップが使えないから、新しい機能付きのカワイイのがでたらすぐ買いかえよう。デジタルな情報の流れの中で溺れそうになる自分の存在を、友人との当たり障りのないコミュニケーションの網ですくってもらいたい。どんなに希薄なつながりであっても、流されていく自分を引き留めてくれる何かが欲しい。

自分が、今、ここに存在していることに自信が持てない。愛が足りない。

愛や自信やコミュニケーションも「完成品」として売っている?

でも、その愛はどこかで売っているんでしょうか。

スマホを買うと、コミュニケーションが付いてくる?

コンビニやブランドショップのように並べられて、愛や自信は「完成品」として売っている?

私たちが暮らす「よのなか」のシステムでは、必要なものはたいてい完成品として店先で売っている。だから、自分とか愛とかパートナーとかも、ついつい完成品として売っているように思えてしまう。

たとえば天職についても、自分が就いた仕事を時間をかけて自分流に変えていくプロセスとしてではなく、会社の前に陳列された完成品として、天職マークの品々が即売されているかのように。

たとえば、住宅についても、自分から地域社会に働きかける活動を通じて、自分自身と地域の人々の意識がだんだん変わっていくプロセスを楽しむのではなく、完成品として土地のイメージやマンションの機能を、ただただ消費する存在として。

たとえば、結婚相手についても、結婚してからお互いに刺激しあって変化していくパートナーとしてではなく、完成品としての男と女をお互いが消費する対象として。

そして、最後に自分についても、今、ここで悩みながら、失敗しながら、後に語るべきことを蓄積していくプロセスを楽しむのではなく、どこかに手っ取り早く「本当の自分」がいて、「それを見つけたら勝ち！」だとでもいうように。

まず、完成品がどこかにあると考えるのは止めましょう。

すべて自分の人生を豊かにしてくれるものは、仕事や趣味や友人やパートナーも含めて、出来上がって存在しているものだという考えを捨てる。消費する対象として見るのを諦める。そして、いま、ここにいる私は、自分に関わるそれらのすべてを一つ一つゆっくりと変えていくことができると考える。

生の素材やパーツや半完成品を私流に組み合わせたり加工したり、手でこねたりしながら、粘土細工のように好きなものに変えていける。

そう考えることができたとき、私はもうシステムの呪縛から解き放たれている。どこか他を探さなくても、「今、ここから変えていける力」を持った自分自身が、今、ここに「ある」ことに自信がでてくる。

6 人はどう操られるのか

「末世の救済者」を標榜する宗教家はいわく、「世は終末に向かってひた走っている。救えるのは我だけだ。我に従え」

この種の予言は、異常な宗教家に固有のものではない。実は企業社会にも蔓延しているお定まりのマネジメント手法で、かなり古典的な方法だ。

「君の人事権は私が握っている。これから会社は不確実性の時代に入り厳しい競争が待っているけれども、私と一緒にがんばろう！」

これは日本の中間管理職が使う典型的な部下への暗示的「予言」で、基本構造は前述の宗教家のものと一緒である。

① まず、相手がもともと持っている不安をつのらせる。
② 混乱させておいてから、すがれる道を与える。
③ 日々の努力（お布施や献身）こそ大事と諭す。

このような説得の手法に人間が弱いのは当然で、自分の中に不安を持っていない人はいないし、その不安から救われたいと誰しもが願うからだ。私自身の体験でも、企業の行う研修の中にはこの構造が見え隠れするものが相当ある。トレーナーは、まず研修者が、あるマネジメント行動をなぜできなかったのかを聞いてみる。次に答えがどのようであろうと、「あなたの言っていることは表面的で納得できない。もっと根っこのところを聞かせて欲しい」と投げかける。こうして二、三度「なぜできないのか」を問い続けるうちに、研修参加者は次第に混乱し自分の言動に自信をなくす。トレーナーが神になれる瞬間だ。

私たちは、一つ一つの行動や決定に際してそれほど合理的な判断をしていないから、その当たり前の非合理性につけ込まれれば誰しも自分への自信を失う。いったんその不安を煽って混乱させておけば、後はいかなる誘導もやさしい。保険や健康器具の勧誘の手口も、悪質な場合は概《おおむ》ねこの構造を利用している。

「ドイツ帝国は存亡の危機にある。ユダヤ人がわれわれ同胞の富を奪っていることが、君たちが失業し窮乏する元凶だ」

とやったヒトラーも、まったく同じ古典的なマネジメント手法を応用した。

では、このような催眠術にはまらないためにはどうしたらいいか。

歴史に残る諸先輩の中では、自分の中の不安を「一切は無」としてすべて消し去ろうとしたのがブッダであり、「すべては愛」として立ち向かったのがキリストだろう。

残念ながら、私のような未熟者にはすべての欲を消し去ることなどできないし、愛こそすべてを実践する自信もない。

しかし、**「人の不安を募らせて、それにつけ込む輩」を信用しないということだけはできそうだ。**歴史に残る真っ当な予言者や宗教者は人を救うために現れたとは言ったが、人の不安を煽ってそれにつけ込むような自己矛盾は犯さなかったようだから。

7　病院に行った瞬間から病気になる

病院で待合室に座っている。2時間もすれば私たちは立派な病人になれる。いや、「病院」という名の建物の扉を開けた瞬間から私たちは病気になるのだ。

知り合いの若い医師が言った。

「病院という名前をやめて〝健康院〟とかにすれば、半分くらいの病気は治っちゃいますよ」

妻が3日程腹痛と軽いめまいが続いたので、一応近くの病院に行った。さんざん待たされた挙句、やっと呼ばれて診察室にはいると、見るからに新米の医師が、

「お腹が痛くて微熱があるということは……脾臓《ひぞう》が悪い可能性がありますね。一応、血液をとってみましょう」

ただでさえめまいがしている患者から血を抜いて、いきなり検査だという。

「あのー、先生。お言葉ですが、今年流行ってる、あのお腹に来る風邪じゃないんで

しょうか？」

「はあ、そういう可能性もありますよ。風邪薬、出しておきますか？　それでいいんですか？」

こんなやりとりが、日本のそこここで1日に何千何万と交されているに違いない。患者も「一応」でいくから、医者も「一応」で対応する。そして、とにかく検査と薬で処理をする。

「風邪でしょう。1日ぐっすり寝れば治りますよ。薬？　いらない、いらない。なに言ってるんですか、若いのに！」

などと言われて帰されれば、多分治ってしまう。もちろん逆に、あまり軽くみすぎて後で重くなったり亡くなったりしてしまう人もいるのだから、一概に言うのは乱暴すぎるのだが。

それにしても、待たないですむ病院。イザと言う時には24時間いつでもお世話になれる病院。そして、患者（というよりお客様）の気持ちの部分まで温かくケアしてくれる病院。そんな三拍子そろった病院はないものだろうか。

また、食料品などものの流通にも、ターミナル駅のデパートや大型スーパーだけでなく地元のコンビニや宅配してくれる生協のサービスがあるように、気軽に家に往診してくれる医師や訪問看護師のニーズが高まっている。高い熱を出している子どもや体の弱ったお年寄りが、病原菌渦巻く病院にわざわざ集合させられるのはどう見ても不自然だ。

おそらく病院の世界にも、もっと自由な競争原理が働けば医療サービスは良くなるはずだ。そうならない一つの大きな原因は、患者の側に私や妻のような「一応族」が多いからだろう。本来もっと東洋的に自分の体の自然治癒力を強くする努力をすれば、病院に行かずにすむ。そして病院に行く人が半減すれば、逆にサービスレベルが倍に上がる。

やっぱり明日の朝も、まだ十分起きてない体に鞭打ってヨガでもするとしようか。

8　病院で産むということ

私の長男は、東京広尾の日赤病院で産まれた。

手術はおろか入院も未経験な私は、血を見るのが怖くて初めは嫌だったのだが、好奇心も手伝って、結局立ち会い出産となった。白いマントを着せられて分娩台に乗っている妻の左横にたち、右手を妻の背中に回して、いきみの度に体を起こす手伝いをする。担当の医師も見守るなかでの典型的な病院でのお産を体験した。

次男は、ロンドンの私たちの家で産まれた。

日本人と英国人の2人の助産師さんにお願いして、医師や無痛剤、促進剤など薬の力を借りることなく、自然分娩を試みた。長男は4歳だったが、他に預けられる人もいなかったので現場に一緒にいて一部始終を見ていた。

そして長女は、その翌年パリで産まれた。

歴史的な大ストライキの混乱の中、医師に頼らずに病院付の助産師さんと私たち2人だけで同様の自然出産を試みた。この時は、赤ん坊が出てきた瞬間に助産師が他の部屋に行ってしまっていたので、次男の時の経験をもとに私自身が取り上げた。フランス語で助けを呼ぶボキャブラリーもなかったのだ。

ロンドンでの計画的な自宅出産は日本人としては私たちが第1号だったようだが、その後、駐在員の方々の間でブームになったと聞いた。

無論、それにはわけがある。

一般には、近代設備を誇る病院で出産した方が自宅より安全だという神話があるが、これは誤りである。イギリス国内のデータでは、新生児死亡率はむしろ自宅出産のほうが低い。しかも病院では、ちょっとでも問題があると母親と胎児の自然な力を信じてじっくり待つことをしない。すぐ投薬したり、鉗子《かんし》分娩（大型の鋏のような器具で赤ん坊の頭を引っぱること）をしたり、帝王切開にしてしまったりする。いわば工場のように医師と病院の都合で出産を処理していくから、なくてもいい事故も起こる。

また病院で出産した場合、赤ちゃんは産まれてすぐに新生児室に運ばれ、蚕棚のようなベッドにその週産まれた他の赤ちゃんと一緒に寝かされる。病院自体がわけの分からない菌で汚染されている現代では、むしろ家庭の雑菌の方がよっぽど安全だとも言える。

そして、病院出産で最も不自然なこと。

「お父さんは、赤ちゃんとご対面なさったら速やかにお帰りください。明日からの面会は、ガラスの向こうからブザーを鳴らしてお名前をインターフォンで告げて下されば、係の看護師がガラス窓の所まで運んでお見せしますから」

と、父親は早々に追っ払われる。

一方自宅出産では、産まれたその日から、みんな一緒に川の字で寝ることができる。

出産の現場にも、工業化時代の古い論理がはびこっている。分娩台のデザイン一つとっても、医者にとって処理のしやすい作業台の思想から作られていて、決して妊婦が楽なスタイルではない。熟練した助産師なら、むしろ出てこようとする赤ちゃんが重力によって助けられるように、妊婦が体を立てる方法を勧める。

本来の主人公は、医者や病院ではなく、出産する女性とその赤ちゃんだ。出産する側の論理でもう一度お産を見つめ直せば、自宅や助産院での出産が再び見直されることになるだろう。

第3章　「メニエル」が私を変えた

1　身体の中からの反乱

「革命は、２万キロメートルかなたの別の世界で起こり、テレビで観るというようなものではない」

誰が教えてくれた言葉だったか思い出せないが、それはまさしく私の中で起こった。

30歳ごろ（１９８６年）のこと、朝から晩まで働き、遊び、恋し、飲みすぎて、メニエルという病気になった。真っ昼間からめまいがしたり、ボーッとしたりする病気だ。

日曜日の朝、いつものように自分の部屋のベッドで寝ていた。

ちょっと昨日は飲み過ぎたかなあ。プールで泳ぎながらの打ち上げパーティーもよかったなあ。その後渋谷のラブホテルの一室を借り切って、同じ部のメンバー全員で寿司を食べ（パートナーを途中で合流させた部下もいたな）、カラオケを歌った。これ以上スゴイ打ち上げ企画はできないかも。来月はもう知恵がないなあなどと、うつらうつら考えながらちょっと寝返りを打つ。

その瞬間、天井がグルッと一周回転した……そして吐き気。寝ている自分の目が回ってしまったのだ。

「何なんだ！　これは」

トイレに立つ。そこまでは平気。腰をおろしてちょっと落ち着く。ところが立ち上がった瞬間またクラッと目が回る。またもや軽い吐き気。

「冗談じゃないぜ。いつ貧血になっちゃったのかなあ。明日、医者行こう」

内科に行って血液の検査をした。異常なし。

「お疲れなんじゃないですか？　まあ、ビタミン剤出しときますから」

でも、なんとなくダルイし思考もまとまらない。やっぱりおかしい。結局、３つ４ついろいろな科の医者を訪ねて、耳鼻科にたどり着いた。

「ああ、いつからですか？　先週から？　頭を急に動かすとめまいがするんでしょ。はい、じゃあ今日から毎日通ってくださいね。注射打ちますから」

あとから聞くと、ストレス過多による一種の心身症。まだはっきり究明されていないメニエル氏症候群という病気の軽いやつではないかと言う。耳の奥にある三半規管の異常によって、からだのバランス障害が出る。ひどいと、道をまっすぐ歩けないとか、ビルが曲がって見えたりして、吐き気が止まらなくなるらしい。

「体力に自信あり」でモーレツビジネスマンを地でいっていたはずの30歳の私に、突然襲いかかった訳の分からない病。めまいそのものは毎日注射で治療して1週間で治ったのだが、昼近くになるとボーッとする後遺症は残った。この〝ボーッ〟がすっかり抜けたなと感じるまで、ほぼ5年のつきあいをした。

いきなり健康に自信をなくしたことで、私はお客さんの接待を半減させ、お酒を減らし二次会を断わり、ゴルフを止め、どんなに偉い人の前でもお先に失礼することを覚えた。

メニエルとの出逢いが人生を考える時間を与え、私を正気に戻してくれたとも言える。

だからここで改めて、メニエルへの感謝をこめて、なぜそんな病気になったのかを考えてみたい。

2 熱に浮かされた毎日

1985年4月、通信事業の自由化とともに、リクルート社（以下R社）はデジタル回線のリセールという今までの事業とは全く異なる分野の新規事業を開始した。

私は10月の異動で、この情報ネットワーク事業立ち上げの先兵として、推進1課長（営業課長）の任に就いた。入社以来、大手企業に対する営業では新卒の学生への採用PRや『月刊ハウジング』創刊時の大手ハウスメーカーへの営業で実績があり、そこそこ自信があった。しかし今度は大規模なデジタル回線の拡販キャンペーンで人海戦術によるローラー作戦を採り、飛び込み営業もいとわず片っ端からお客さんに当たっていく。東京だけで6つの課と3つの営業所がテリトリー（専任で担当する区域）を決めずに争う、激しいサバイバル営業合戦が展開された。後にリクルート事件が起こり、その報道の中で、しばしばこの時の営業スタイルは次のように表現される。

「R社の女性中心の営業部隊は、今日はこの大通り明日はあの大通りと、道路の両側のビルに入っている会社を片っ端からアタックしていく。まるでアイスクリーム売りがアイスクリームを売るようにデジタル回線を売っている」

新規のお客様を獲得するためにローラー作戦を展開するのは、私にとっては初めての経験だった。またデジタル通信に関する技術的な知識も急速に学ばなければ、企業の情報システム部に対する営業はできない。

10月からほぼ3カ月間の私の日々のスケジュールは、およそ次のような感じだった。朝8時に出社して自分の課のメンバー全員と朝会をやり、その日1日の行動をお互いにチェックしあう。9時から夕方の6時頃まではメンバーとの営業同行。時に自分の旧知の企業の担当者を訪ねて、デジタル回線を導入することによって電話代など通信に関わる経費が3割近く安くなる方法を示し、その企業がこういったサービスを導入する際の意志決定者（キーマン）を紹介してもらう。夜7時、営業から戻ってきたメンバー全員と再びミーティング。その日の営業の進み具合を技術のスタッフを交えて報告しあう。一人一人に対する教育の意味もあって、じっくりやっていると8時半か9時くらいになってしまう。

それから1時間、勉強会がある。デジタル通信技術は新しい技術なので時々刻々新しい知識や新しい施工方法が加わる。自社設備も急速に拡充されていく一方で、競合会社も次々に現れる。さらに夜の10時頃からマネジャーが集まって、事業の推進や営業上の問題点が話し合われることもある。あるいは翌日お客様にプレゼンテーションする内容についてメンバーの個別の相談にのっていると、だいたい12時を回る。

不思議なもので、熱に浮かされたようにこんな毎日を繰り返していると、夜中の12時からでもラーメンを食べたりビールを飲んだりしに行きたくなってしまう。そういうわけで、帰宅するのは夜中の12時から2時の間。

それでも、久々にスケールの大きな新規事業に取り組む熱狂と新しい世界に向かう緊張感とが入り交じって、「疲れた」と自覚したことはなかったし面白さが先に立っていた。

翌年の86年。私は大手企業攻略のために大手町に営業所を開き、その初代所長となった。そしてその年の2月末。ある出来事が起き、私はR社での営業のキャリアで初めて、大きな屈辱を味わうことになる。

自分の営業所だけが、月間の目標数字（多くの企業ではこれを〝予算〟と呼ぶ）を大きく下回って達成率60％に留まったのだ。どういうわけか全国に20以上ある他の課や営業所は、月末のちょっと前まで同じような水準にいたのに、みんな一気に数字を伸ばして100％以上の達成をしている。しかも私のところは、11月から数字がずっと低迷していた。

その後全社的なお客様紹介キャンペーンが始まり、同期の人脈を中心に徹底的に紹介を受けまくる作戦が成功して3月にはダントツで全国一の達成率を記録することになるのだが、前年11月からこの2月にかけての業績の落ち込みは私に初めて訪れた試練だった。

身体からの無言の警告

毎朝営業所のある大手町のビルのエレベータに乗り、5階で降りる。

2月に入ったある朝、5階のランプがついてエレベータのドアが開く瞬間、いつもとは違う感覚が私を支配した。

目の前の廊下はまっすぐ私のオフィスに伸びていて、左側の三つ目のドアを開ければいつもの見慣れた営業所の風景があるはずだ。個人目標の達成を称える黄色い垂れ幕やメンバー一人一人の今期のスローガン。朝の8時より前に出社して企画書を作っている営業マンが、もういるかもしれない。デスクも電話も営業用のパンフレットの棚も、きっといつもの通り並んでいる。

エレベータを降りて一歩廊下に踏み出し、自分の事務所のドアまでほんの20メートルの距離を前にたたずむ。8時前。電話の音もなくシーンとしてまだ暗い廊下。他の会社のオフィスにも、まだ人の気配がしない。空気が沈殿しているように下のほうに溜まって、私の足に絡まる。

直後に、言いようのないイヤーな感じが私を襲う。

廊下がやけに長く見える。50メートル、いや100メートルにも？

あのドアまでたどり着くのがイヤなのだ。情けないことに足が動かない。頭の中で、「行きたくない、行きたくない」という声も聞こえる。それでも一歩一歩と引きずるように歩き出した私は、実際この短い距離を進む間にびっしょり脂汗をかいていた。

ドアも重い。少しだけ開けてオフィスの中をのぞくと、そこにはまだ誰も来ていない。

突然の動揺。逃げ出したい衝動。イヤだなあという顔をしていたに違いない。ひとまずメンバーに目撃されなかったことで、私は半分安堵していた。倒れこむように自分のイスに座り、もう一度周りを見回して、オフィスに誰もいないことを確認してから大きなため息をつく。

それでも1日は始まる。

やがてメンバーも「おはようございます！」の声と共に集まり、いつも通りの朝会が始まる。始まればまた自然に時間は埋め尽くされる。メンバーとの同行営業が終わって夜になると、再び反省会で明日の準備を指示してから誰かと酒を飲みに出る。飲んで飲まれて酔っ払ってしまえば、とにかく1日は終わってくれる。1日という時間は、我を忘れて消費してしまうには十分に短い。

29歳になったばかりの私には、今朝無言の警告を与えてくれた気持ちと体の別れ話に、まだ耳を貸せる余裕はなかった。

その夜、どうやら家に辿り着きベッドに倒れこんでも、睡魔はすぐに襲っては来ない。私は2年前のある出来事を思い出していた。

3　ジョージ・ルーカスからの返事

27歳で大阪に赴任し新米の営業課長としてハウジング情報誌の立ち上げをやった私は、翌年の4月、広報課長兼調査課長として再び銀座の本社に戻っていた。会社の社名変更と調査会社の独立に加えて、次の年の85年はR社の創業25周年に当たり、いくつかのプロジェクトが計画されている。

私は社名変更を機会に、今までの路線とは違う新しい企業イメージを創り出す1つの手段として、子供を含めて幅広い層が楽しめる映画の制作ができないかと考えていた。誰でも一度は自分の手で映画を世に送り出してみたいと思うのだろうが、私は広報課長という立場を利用して、会社のフンドシでこれをやってみたいと考えたのだ。

そこで、社外の何人かのブレーンと相談して、そのころ広報室のメンバーで、私とは入社前からCOSMOSというバンドを組んで一緒にコンサートなどしていた部下とともに1つの案を取締役会にプレゼンすることにした。

映画をやるなら、やはり当てたい。確実に当てるには絶対に集客が見込める監督に作ってもらわなければならない。いったい誰ならこの単純明快な条件を満たせるか。

自然に話はジョージ・ルーカスしかないよなあということになる。しかし彼のところにはユダヤ人や華僑の世界中の金持ちが列をなして並んでいるに違いない。名も知れぬ会社がたとえお金が何十億とあったとしても、頼んでできるものではなさそうだ。

そこで私たちは、そのころミュージカルのプロデュースの仕事をやっていた知り合いの奨めでルーカスに直接手紙を出すことにした。

どうせダメモトだと、東洋の文化にかなり関心があるという彼に刺激的な内容を綴る。

「あなたには東洋の神を表現できますか？　もしできるとお考えなら出資することを考えたいと思います。シナリオに関して良い材料があなたの手元にない場合は、“Stone Monkey”（孫悟空）をシナリオとしてもけっこうです」

世界の巨匠を前にして、かなり生意気な内容だ。もちろんこの時点では、多分返事はもらえないだろうなあというのが正直な気持ちだった。

ところが、3週間ほどして返事が届いたのだ。

「全編コンピュータグラフィクスで作らせてくれるなら、やってもいい」

という返事である。私たちにはヤッターという喜びに満ちた驚きと、ちょっと大変なことになったぞという恐怖が一緒になって襲ってきた。なぜならこれは1984年のことである。米国のシリコングラフィックスもまだ設立されたばかり。日本ではCGの世界がようやく歩き始めたところで、制作費は最低でも50億円はかかるだろうと予想された。そのころR社の年商は1000億円。でも万が一会社がみごとに騙されてくれてこのプロジェクトがスタートしたら、大変なインパクトがあることは間違いない。放っておくのはもったいない。とにかくプレゼンしてみよう。

4 手塚治虫の「ファウスト」への思い

一方で私は、この企画1本でいくのはあまりにもリスキーだと考えた。本当にできあがるかどうか、何の保証もない。それくらいのことは素人の私にもわかる。そこでもう一つの案として、日本の作家に5億円程度でアニメーション作品を作ってもらう案もあわせてプレゼンすることにした。

実はこの対案を思いついたのは、取締役会でのプレゼン期限の2日前。私はそのころ偶然読んでいた手塚治虫先生の「ブッダ」の中の、野ウサギが山中で空腹のために倒れた修行者に自分の身を火中に投じて食物として供する段にひどく感激していた。だから真っ先に手塚先生の名が浮かんだ。

さっそく電話をすると、幸いにも翌日の朝なら時間が空いているということだったので、手塚プロにおじゃましてアニメーション作品についてのお考えを聞いた。

私の意識の底には、小学校の頃、多分夏休みだったと思うが、母にねだって連れて行ってもらった『クレオパトラ』の印象が残っていた。たしかシーザーとのセックスシーンでは、大画面一杯のピンク色の中に黒い線が何本かクネクネと錯綜して、「これはいったい何なんだろうなあ」と不思議に思った記憶がある。

「実は1つだけ、どうしてもやらなければならないと思っている作品があるんです。その作品のアニメーション映画が完成したら、私はもう死んでもいいんです。何度か漫画にはしたことがあるんですが……それは、ゲーテの『ファウスト』なんです」

先生の迫力に押されて、文学オンチの私は、「すいません、読んでいません」とは言えなかった。営業活動の最中にもよくあるのだが、お客さんがしゃべっているけっこう大事な言葉の意味が不勉強でわからなかった時でも、「なるほど、なるほど」などと答えて、にこやかに流してしまうことがある。

私はその日に預かった『火の鳥』のビデオを小脇に抱え、急いで本屋に寄って文庫版の『ファウスト』を買い求めた。明日がプレゼンの当日だ。

夜を徹して本を読んだが、全く頭に入らない。でもいいや。あれほど手塚先生が情熱をもって語ってくれたことなのだから、当たって砕けろだ。50億のジョージ・ルーカス版「孫悟空」と、5億の手塚治虫版「ファウスト」の2本立てで企画書を作ることに決めた。

5　「ファウスト」映画化へのゴーサインと頓挫

プレゼン当日の取締役会の審議メニューには、私の他はみな25周年記念誌や記念イベントのような順当な企画が揃っていた。

私はやや緊張して頬を火照らせながら、まず50億円の案を説明した。その場で「おまえは何を考えとるのか」と一蹴されるのも覚悟の上だ。真っ当な上場企業なら、それだけで飛ばされる危険もある。全役員の10秒以上の絶句の後、やっと社長から「これは、事業の企画だなあ。25周年の企画としてはムリがあるよ。もっと詰めてから映像事業の経営会議で提案し直してよ」と声が上がった。まあ穏当な決裁のように聞こえるが、映像事業部にはどちらにしても荷が重すぎる。役員の中には大胆にも支持してくれた人もいたにはいたが、社長の言葉は事実上、本企画の死を意味した。

「それでは、こっちの方はいかがでしょうか？」

十分に間合いをとってから、私は10分の1の予算でできる「ファウスト」に話を進めた。これもやっぱり難しいかなあと一人一人役員の顔をのぞき込む。

まず文学的な素養と蓄積ではナンバーワンの役員から、「手塚先生がねえ」というやや前向きな声が出る。続いて意外なことに、社長と他の2、3の役員が「僕も本を読んだことがあって」という話を始めた。私はもちろん一夜漬けの知識しかないから、極力内容についての話題には入らないようにする。「財務の方はどう？　このくらいだったらいいかな？」との社長の声で、この場の流れが決まった。なんとGOがかかったのだ。

手塚先生にはその後何度か会社を訪ねてもらい、シナリオ第一稿を出していただいた。

ところが残念ながら第二稿の話の途中で先生が入院され、この間会社の業績の問題で、結果的にこのプロジェクトは破談になってしまう。話が始まったのが84年の11月。私が先生の退院後に正式にお断りの話をしに手塚プロに伺ったのは、85年の初頭だった。

初めて伺って『ファウスト』の映画化の話をお聞きした同じ応接室のソファに座って、「大変申しわけありません」と謝りながら、私は先生の目を見ることができなかった。そんなことなら初めから断ってくれればよかった。会社に対する怒りもあった。

私がこの件を起こしたのだから、私が断る役を引き受けるのは当然だ。

その考えの一方で、財務的な裏付けを見直さないでGOをかけながら、責任をとって自ら謝りに来ることをしない社長への割り切れぬ思いもある。自分にプロジェクトを遂行し続ける力がなかった。その情けなさもある。何より先生の夢をいったんは「叶えましょう」と盛り上げた。「えっ、ほんとですか」と子供のように無邪気に喜ぶ顔も、こうしたいああしたいと夢を膨らませる神々しい顔も、私は見てしまった。

その夢がつぶれた。

怒られても殴られても当然だ。かつて何度か営業をやり過ぎて、いくつかの会社から出入り禁止になったこともある。「出て行けっ！」と一言怒鳴られて縁を切られても無理はない。私は身を固くして、ただ耳を澄ましていた。

そんな私を前にして、手塚治虫先生は静かに語った。

「藤原さん、よくわかりました。しょうがないじゃあないですか。

でも、私とあなたの会社との縁はあなたが作って下さった。どうかその縁を切らないでくださいね。私はどうしても『ファウスト』を作りたいから、また誰かパートナーを探します。必ず作ります。私が死んだときには、その1本のフィルムだけお棺に入れてもらえばいいんです。藤原さん、でき上がったら、必ず一番初めに見に来てくださいね」

私は下を向いたまま、流れ出る涙をどうすることもできなかった。

その朝、大手町ビルの廊下での一瞬の動揺の後、何事もなかったかのように1日を過ごしてきた私は、スーツのままベッドに横たわりながら流れる涙をシーツに任せて、手塚先生の最後の言葉を反芻していた。

「私は、どうしても『ファウスト』を作りたい……どうしても、作りたい……どうしても……」

はたして私に、あのように強い意志はあるのだろうか。私の中には、どうしても作りたいというあの強い情念はあるだろうか。

いや、昔はあったような気もするのだけれど。

6　どうしてもやりたい仕事なのか

どうしても、この仕事がやりたいか。

メンバーを前に時々たれる講釈は、はたして本当にどうしてもやりたい私自身の情熱から来ているものだろうか。

「デジタル回線を日本中に普及させます。今、あなたにそれを利用する気がなくてもけっこうです。私は必ず作ります。日本有数のネットワークを作ってみせます。だから、でき上がったら、一番初めに使ってみてくださいね」

そう語るだけの強さがあるだろうか。どうしてもやりたい意志があるだろうか。

私は、それを疑い始めていた。

その年の7月には、大手企業を専門に攻めるための戦略部隊が組織された。

私は、その情報ネットワーク部の1課長に任ぜられ、3カ月後に30歳で次長に、その翌年には部長になった。この間の給料の伸びと昇進の早さは、私を再び麻痺させるのに十分な魅力を持っていた。

メニエルがやさしい警告をならしてくれたのは、10月に次長になる直前のことだ。午後になると頭がボーッとしてしまう私は優秀な部下と秘書に助けられ、皮肉なことにその年のMVP（優秀経営者賞）を手にした。あとからこの時秘書だった女性に聞くと、部のメンバーへのお礼の挨拶においてもメニエルの後遺症で話がまとまらず、何だかよくわからなかったのだという。

しかし、私はまだ会社のつくる流れに乗っている。自分が本来やりたい新しいソフトづくりを始めるために、体に合わないからといって、敢えて今の仕事を捨て地位や年収を失うという勇気はなかった。

それまでの自分のキャリアをもう一度冷静に見てみれば、会社の仕組みに乗っかって徹底的に仲間との競争ゲームをやっている時は給料も上がるし偉くなるのも早い。これには明らかな法則性がある。

しかし、たいてい私はこのゲームに半年から2年くらいで飽きてしまい、次の分野のゲームに参戦するまでの間、儲からないソフトづくりにチャレンジしている。

新人で入社して2年、リクルーティング広告の営業をやった後の企画室での仕事もそうだった。『ハウジング』の創刊時に大阪の突撃隊長をやった後、広報室での仕事もそうだ。その間はウェイティングサークルに入っているようなもので、給料は上がらないし偉くもならない。考えてみれば、当たり前の企業の論理だ。30歳を目前にメニエルに出逢って、初めてこのことに気が付いた。ずいぶん奥手だったと自分でも笑ってしまう。

自分がやりたいことをしようとすると、止められる。あんまり根っからは好きでないはずの枠組みの中でも、ゲームに参戦する時にはゲームプレイヤーとしての技能が噴き出し、会社での権力と待遇が保証される。

メニエルは、この私自身の抱える自己矛盾の中で起こるべくして起こった。頭のボーッがその後5年にわたって私に付きまとったのは、本来もっとクリエイティブに生きたい私と、無理してゲームに参加していた方が儲かる私、その2人の聖戦のためだったことがわかる。

2人の私による股裂き状態だ。

7　勝つために全力を尽くすマシーン

どうやら私は30歳に手が届く時点まで、日本の教育と戦後日本の典型的な中産階級の家庭が造り出した優秀なマシーンだった。

学校での数々の競争の場や、その〝ファイナルファンタジー作戦〟たる大学受験ゲームの構造に完全にはまって私は成型された。だから自分の興味や本当の意志とは関係ないところでも、挑むべき対象と明確なルールが設定されたゲームの場に臨めば、勝つために全力を尽くす。

ただしこのことは、無理やり仕事をやらされている奴隷の世界とは100％異なる。この構造にはまって上昇していくのは実に楽しい。竜巻きの中に漂っている限りは、頂点を求めることこそ私の意志であると確信をもっている。それがあたかも自分自身の哲学であるかのような錯覚がある。周囲の魅力的な人間関係を含めた十分な状況の盛り上がりも、精神の自立を麻痺させる。「俺は偉い。副社長くらいにはなるかもしれない。起業家としての才能があるんだ。よーし、いっちょうやったるか」と、勘違いの嵐が吹く。

舞い上がっている自分は、体と心のバランスを自ら引き裂いていくんだけれども、どうにもこうにも心地よいのだ。


そうして、メニエルが警告のドアをたたいた。

私はそんなギャップに半ば気付きながら、それでも5年程ゲームを捨てなかった。

それには2つの大きな事件のおかげもある。本来単調であるはずのゲームに〝愛するものの危機〟という戦争ゲームの要素が加わった。いうまでもなくそれはリクルート事件であり、その後に起こるR社のダイエーグループへの吸収劇だ。

この2つの事件は私に再び、自分の大事にしてきたものと自分が採用してきた若いスタッフ、そして自分が育ててきた新しい事業の芽という守るべきものを与えた。

そして私は、その間また夢中になれた。

「頭のボーちゃん、今日はどうだった？」

妻が〝ボーちゃん〟と呼んで繰り返し尋ねたメニエルの後遺症、頭がボーッとする状態は、私がパリへの旅立ちを決めた頃には結局おとさたがなくなっていた。

ホンネのところではまだ半ば面白がっていた業績ゲームや昇進ゲームから、いったんはずれて外国に逃げる。そしてもう一度、自分と自分の家族を主人公とした人生の物語を描きなおしてみよう。私の中で、人生の地軸を自分の側に反転させる静かな革命の火蓋は、この不思議な病気によって切って落とされた。

8 デスクの中の「ファウスト」のシナリオ

さて「ファウスト」の話はその後、手塚プロの社長の手で『朝日ジャーナル』に持ち込まれ、「ネオ・ファウスト」の連載に形を変える。多分手塚先生は、連載が終わってから映画化を図るおつもりだったのではないだろうか。

しかし先生は連載途中にして、リクルート事件の真只中に半蔵門病院で息を引き取られた。お棺の中にどんな作品を共にして天国に昇って行かれたのか、知る由もない。のちに、リクルート事件で緊急入院したR社の江副浩正オーナー（当時）の部屋が、最初に手塚先生が入院された病室だったということを聞いて、妙な縁を感じた。

青山斎場での葬儀に参列しながら私は、先生は一体どんな「ファウスト」を作りたかったのですかと、優しく微笑んでいる写真に向かって何度も問いかけた。

ゲーテの生み出した人造人間ホムンクルスは、もはや生化学技術の発達によって現実のものになろうとしている。サダム・フセインが自分の精子を保存して合成し、フセイン流の魂を持った戦士を造り出そうと目論んでいたなどというSFのようなニュースが伝わってくる。手塚先生も生化学分野での先端技術の進化について独自に取材しておられたと聞く。どのような結論を導きたかったのだろうか。

「ファウスト」の映画の一件があってから5年以上経って、私にはメディアデザインセンターの仕事として、スタッフと共に手塚先生がどんな作品にしたかったのだろうかと再び議論を重ねるチャンスがあった。そして『朝日ジャーナル』誌上の「ネオ・ファウスト」とゲーテの「ファウスト」を読み込んだ上で、先生と親しかった学者さんにも協力をお願いして、未完の手塚ファウストの後半のシナリオを創作してみた。

私にとっては、手塚先生への精一杯のオマージュでもある。

私のデスクの中には、この仮想のシナリオ「ファウスト」がいまも眠っている。

第4章　現代ビジネス処世術～働き方改革を実践するには

1　公私混同の術

公私は混同してもいい

会社に入社してからよく私は、公私のけじめがついていないと諸先輩から評された。もっともこれは、新人の頃よく同期の仲間とともに、あらゆる部署で女子社員を片っ端から誘って車を連ねて軽井沢にテニスに行ったり、志賀にスキーに行ったり、あるいはお揃いのトレーナーなど作って東京近郊のジェットコースターツアーなどを催したり……と、怪しげなツアーリーダーぶりを発揮していたことが原因していたようにも思う。休暇の前になると自分の部署の女子社員に誘いの電話がかかるわけだから、取り次いでくれたのがその女性に気のある先輩だったりしたら、評判が悪くなるのは当然の成りゆきだ。

しかし自分としても、〝公〟というのは会社での時間であり〝私〟というのはプライベートの時間で、それらを混同してはいけないのだという捉え方は根っからしていなかった。

このころ私の生活は、24時間のうち、仕事や会社の仲間との時間と、仕事を通じて知り合った尊敬できる社外ブレーンの方々との時間を併せて18時間という具合だった。

社外にいても家にいても仕事のアイディアはひらめくわけだし、逆に会社からプライベートな電話もさんざんかけた。大学の同窓生を追いかけて会社からの電話で名簿を作成し、卒業して初めての同窓会を開いたときにはみんなに感謝された。この仲間たちが、いつ仕事の役に立ってくれるかわからない。

〝公〟と〝私〟の区別というのは、仕事にのめり込めばのめり込むほどその境界は曖昧になってくる。肝心なのは、プライベートなものを買うときや友人との食事、個人として読みたい書籍や心からのプレゼントなど、私的な所有や満足に帰すべきものには会社の金を使わないという暗黙の道徳律だけだろう。

ロンドン、パリに赴任していたときなどは、勤務上の経費はゴルフのスコアと一緒で完全に自己申告だった。タクシー代や飛行機代、電話代や接待費に至るまで、ごまかそうと思えば家族の経費をも紛れ込ませてどうにでも申告できた。

しかし、だからこそゴルフの精神を尊んで、東京にいるときにはやったこともない電話代の明細の個別チェックや交通費やホテル代の仕分けをした。タクシー代や接待費に至っては、明らかに商談の詰めに関わる重大なもの以外は遂に請求しなかった。半分以上自分自身への投資と考えたことと、いちいち個別に領収書を取るのがかっこ悪いように思えたからだ。

会社と自分の「ベクトルの和の法則」

一方私には、会社は朝9時から夕方5時までで、あとはプライベートという割り切り感覚もなかった。今でもそれはない。

本当にやりたいことがあって、それが会社の方向性とも一致していた場合、どこからどこまでなんて区切るのはしょせん無理な話である。オーナー社長や自営業者だってそうだろう。だから、ちょっと別の才能のあるサラリーマンを称してマスコミが描く「二足の草鞋」という表現も、私には当たらない。左足はこっち、右足はあっちなどと区別していないからだ。

それでは家族が犠牲になるのではないか、と問われるだろう。

私の場合は、自分自身の仕事のテーマを家族のテーマのきわめて近くにおいているから、目の前で起こる長男と次男の兄弟げんかや、長男が私と風呂に入っているときにする小学校での様々な出来事の話題、長女の玩具への関心、祖母や祖父の病気のケ

［図4］

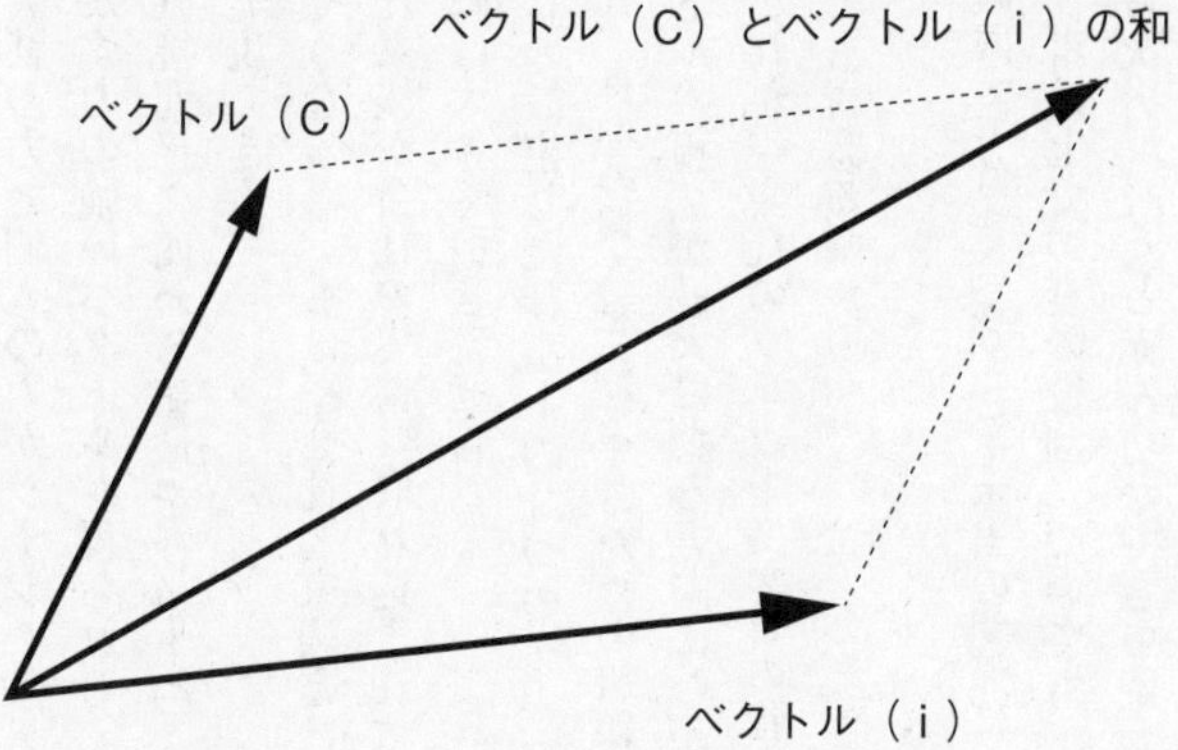

アやおじいちゃんと孫との関わり、外国のお客様をわが家へ迎えたときの不便さや妻との夫婦喧嘩でさえも、すべて仕事上のテーマに結びついていく。

私自身はこの方法を「ベクトルの和の法則」と呼んでいる。

会社のベクトル(C)（会社の利害やめざす方向性）と自分のベクトル(i)（自分の人生を豊かにする方向性）の2つのベクトルの向きは、通常別々の方向を向いている。でももし、［図4］のように、この2つのベクトルを二辺とする平行四辺形をイメージして、その対角線上に補助線を引くことができれば、これが「2つのベクトルの和」と幾何学で呼ばれているものであり、最大のパワーが得られることになる。

会社の力と個人の力がシナジー効果を持って、そのどちらの単独の力よりも社会を動かす力の強いベクトルが得られる。自分が個人的に関心の強いテーマや家族の利害に直接間接に関わる領域を仕事上のミッションに選べれば、「ベクトルの和の法則」は実現できる。

そうなると、もはや会社と家族とは対立関係の構図ではない。戦後社会に典型的だった家族が会社の実情に取り込まれて翻弄されるスタイルとは違い、個人と家族の側に軸は大きく引き寄せられる。

私の設定した仕事上の3つのテーマ（住宅問題と在宅介護・在宅医療、子供の創造性教育、日本の個人を武装するための組織の壁を越えた個人と個人のネットワーク）が、「ベクトルの和」が最大になる方向にむかって双方の利害のツボにはまっているからだ。

これが、会社のフェロー（客員の特命新規事業担当）という立場を選択した私の強みだとも言える。

家族同士で付き合ってこそ本当の関係になる

仕事の上での妻の役割についても、渡欧時点から一貫して重みが増している。本来なら次男、長女と赤ん坊ができて関わりが薄くなっても不思議はないのだが、ヨーロッパの人たちの家族同士の付き合い方が私たちのスタイルに合っているように感じる。

結婚して9年のうち、日本にいた7年の間に家族同士で付き合うようになった友人たちは25組程度だと思う。欧州での2年で、私たちはそれと同じ数の家族と心をこめて交流することができた。日本に届くクリスマスカードがそれを物語っている。

ヨーロッパでは、仕事上の関係であっても、がっちりと深めたい場合にはパートナー同士の関係も併せて築いていく。つまり初めは双方がディナーに招待し合い、パートナー同士のコミュニケーションも深まってから、その後子供たちの交流も始まるという具合だ。この通過儀礼がすまなければ、本当の関係に入れない。

その意味では、ヨーロッパが個人主義社会だという一枚岩の表現は、私にはぴんと来ない。むしろ欧州の方が、よっぽどパートナーとの関係を重んじる2人主義社会ではないかと思う。必ずしも結婚している必要はない。友人の家族の中でも数組はいわゆるリビングトゥギャザーで結婚していない。もちろんＬＧＢＴのカップルもいた。

過日、かつての上司であった人物が新しい会社を興したことを祝って励ます会が開かれた。私は司会を仰せつかったのだが、参加メンバーを聞いてみると、会の趣旨はご夫妻を励まそうということで2人の娘さんも呼んでいるのに、妻もしくはパートナーを同伴されるゲストは皆無だった。100名を超える出席者のうち、紅組は奥様と娘さん以外は2人だけ。それではあまりに奥様が心細いのではないかということで急遽妻を同伴したが、いささか場違いであった感はある。

私はべつにヨーロッパかぶれの種族ではないから、何でもかんでもパートナー同伴がいいとは思わない。人に無理矢理勧める気もない。ただ大きな仕事をしようとするときには、必ず相手のパートナーとも会って、子供もどんな子なのか顔ぐらいは確かめてから臨むようにしようと決めている。かつてR社が提携したロンドンLoot社の元会長夫妻とも、パリのビジネスパートナーとも、そのように家族同士で付き合っている。

これも、地続きの戦国時代をいやというほど経験した欧州の「処世の知恵」ではないかと思う。実際にビジネスのリスクが減るかどうかは定かではないが、少なくとも気持ちよい相手と爽やかに仕事ができるのは嬉しい。

自宅に国際電話が入っても、会社の社長室から緊急の用件が入っても、朝方のわが家はいつも誰かが泣いていた。次男が長男にやられたり、1歳の長女がお腹を空かしていたり。私はそれらを隠そうとはしなかった。

「ほら、うるさい！　ちょっと黙ってて」

という罵声でさえも、いわば私の人生の舞台背景として伝えてしまおうと覚悟を決めた。公私混同を極めてみたのだ（いうまでもないが、お金の仕分けは全く別の問題として）。

2　分不相応の術

麻薬のような絵画購入

20代後半の頃、私は自分の欲求不満を晴らすかのように、それまで貯金したお金をヒロ・ヤマガタのシルクスクリーン作品につぎこんだ。彼の作品が２００万、３００万もするようになる前のことである。

銀座のホテルの1階で、ある晩初めて「スノーファイヤー」を見た。いいなあと思ったのだが、30万だか40万だかという値段を聞いて即断できず、結局買うのを見送った。ところがそれから何カ月かして、再び同じ会社がヤマガタを展示しているのを見た。今度は「スカイサイクル」に魅了された。「スピルバーグが自宅の居間に飾ってあるやつですよ」という営業トークにまんまと乗せられて、私は90万円のその絵を買った。

その後「泥棒」「野外音楽会」「ステンドグラススタジオ」と衝動買いは続き、他の2、3の作家の作品と併せて、1000万円近くあった貯金は結婚前にすっからかんになっていた。

私は当時いっぱしのコレクターのつもりになっていたが、とんだ道化話である。上には上がいるわけだし、まだ欲が欲を呼ぶことをよくわかっていなかった。シルクスクリーン程度でも、10枚持とうと思えばバブルが去った後でも何百万円かする。10枚も持てば、そのうち原画が欲しくなる。原画はその10倍はするだろう。もし原画が10枚手に入る資力があれば、次は世界に通じる名品を持ちたいということになる。億の世界に入っていく。億の金があったとしても、今度は美術館を建てようというような具合である。あとは悪魔のサイクルだ。

日本中のコレクターや投資家、銀行家がこのサイクルにはまって、やがてヨーロッパの歴史とアメリカの造った市場に跳ね返され、審美眼や鑑定眼を十分養えないうちに資産を焦げ付かせてしまった。私がこの罠にはまらずにすんだのは、ひとえに貯金がこれ以上なかったからで、今では父が堅物の公務員であったことに感謝している。

「アートへのこだわり」と私自身は思っていたが、それは勘違いだった。「現代的なスタイル」だと週刊誌は私を取り上げたが、それも大きな誤解だった。

自分の気力が弱まると、何か無性に買い物がしたくなるだけだ。

高価な商品の衝動買いは、時に麻薬のような効果をもたらす。いっときエネルギーが得られたような幻覚が生じるのだ。そう感じるのは私だけだろうか。

このあと私はあるきっかけがあって、絵画の衝動買い癖、すなわち私自身の欲求不満のはけ口に自ら引導を渡すことになる。ただし、それには妻の協力も必要だった。

なぜやめられたのか

結婚してすぐに長男ができた私は、銀行から多額の借金をして永福町に小さな家を買った。1989年のことである。その翌年、日本にスペインが生んだ若き天才画家、ベラスケスの再来とも最後の印象派とも謳われたホアキム・トレンツ・リャドが来日する。

私はこの作家の傑作「カネットの夜明け」をパンフレットで見て、友人の画商に値段も聞かずに「私が買うから」と電話をした。原画である。お金はなかった。

横でこの電話のやりとりを聞いていた妻は、生まれたばかりの長男におっぱいをやりながら終始呆れ顔ではあったが、決して止めようとはしなかった。結果的に私は、結婚して子供が生まれたのに貯金もないのはあまりにも孫が不憫だというので、両親が郵便局に積み立ててくれていた、いくらかのお金まで下ろして約3分の1の資金をかき集め、同時に友人から3分の2を借りてこの絵を手に入れた。

不思議なことに、今まで買い入れたものの総額とほぼ同等の原画を一枚買ったことで、私は大いに満足する一方、これは先のないゲームであることにようやく気づき始める。

それまで私は、転売を目的として絵を買ったことはない。本当にいいなあと思うものを買った。家についてもそうだ。しかし、畳一畳分くらいの絵がその家の値段の10分の1ほどもすること。その絵に中古のフェラーリを買えるくらいのお金をかけて初めて、もう手仕舞にしようと思った。絵画の本当のコレクターの方々からすれば、この程度の額は幼稚園児の話と笑うだろう。

妻がこの暴挙をあえてやらせてくれたのが良かったのかもしれない。半端に反対されていたら、まだ続いていた可能性もある。

よく言われるような「ものを買いまくったあとの空しさ」という空虚感はなかった。だからこの一件を通して、「ものにこだわりスタイルを追い求めた末に、物質的な欲望の追求は本来空しいものだと悟る」というような宗教的な啓示を受けたわけではない。

私としては、自分の興味のある対象に対してめいっぱい背伸びして「分不相応」の買い物をしたことで、妙に納得感があったのだ。「ああ、さっぱりした」という感じである。

その後そのまま盛り上がってしまって、絵画や不動産で身動きがとれなくなってしまった友人を見ていると、なるべく早い段階で分不相応の買い物をして逆説的に納得感を得てしまうのも、大怪我をしないための知恵かもしれないと思えてくる。

カタチから入ってその精神を探求する武道に通じるかどうか確信はないが、私にとっては「私の分を買い切った」という納得感が、その後も度々絵画を楽しんでいるにもかかわらず決して買おうという行動に出ない、あるいは買う必要がないと感じる私自身のこころの構えを形作っているようだ。

剣道では、「メン、メン、メーン、お面（メーーン）」と、とにかく連続打ちをひたすらやって一本はいるときの手応えをつかむ。一度連続して分不相応に買いまくったことが、絵画の価値に対する私のまなざしをも決めている。

リャドの「カネットの夜明け」は、それから4年して私たち家族をスペインはマジョルカ島に導いてくれた。作家がこの絵を描いた場所に立ってみたかったのだ。長男をリャドの絵画学校に入れてみようかなどと夢想していた私に、作家の急逝が知らされてから9カ月のときが経っていた。

3 元気になる人でい続けたい

その人と話をすると、元気になってしまう人がいる。逆に、何か力が抜けて行くような、人のパワーを奪う人もいる。これは一体何の違いなのだろう。

元気をくれる人の会話の特徴は、必ず「そうだね」で始まる。つまりYESの発想だ。どんなに突飛な企画に対しても、しょーもない人からのお願いでも、「やろう」という前提で話を進める。前向きな人といえばそれきりかもしれないが、私はこのような人を“YES, but”の人と呼ぶ。

これに対して、こちらの話をいつも「それには、こんな問題点がありそうだ」「いや、こういう面が難しい」「他の誰かに、こんなふうに見られないか」という態度で聞く人がいる。会社として受けられないことや彼個人の力量では遂行不可能と思われる場合は、素直に〝NO〟(できない)と言ってくれた方が時間に無駄がない。〝NO〟とはっきり主張する人はそれはそれで議論もできるし、物事が進むにしろ進まないにしろクリアになってよい。

始末が悪いのは、むしろ「評論の人」である。

「評論の人」の口癖は、「こういう面はどうかなあ(何か問題があるんじゃないか)」と「どのように(上役や社長に)見えるかなあ」の2つである。

始めから〝YES〟か〝NO〟かの結論を出そうという気持ち(もしくは力量)がないのに、会議で検討したり部下に調査させたりするのが仕事と思っているから、付き合わされるほうはたまらない。これから仕事の主人公になろうとする人は、このような無為な会議から逃れなければならない。

会議には出れば出るほど「自分」が遠のいていく。会議が仕事の「評論の人」は、私たちの貴重な人生を奪う。

だいたい、組織の中で自分は主人公ではないのに会社から与えられた役割や肩書きで主人公のごとく勘違いしてしまっている人に、このタイプが多い。その人の家に訪ねて行ってしまって（営業用語では「宅訪」と言う）サシで話をすれば、けっこう前向きな人であったりもする。

しかしいったん会社の門をくぐると彼は組織の人に変身し、組織バランスの中での他人の眼や社内に吹いている風の流れを意識した判断ばかりになる。

私自身は、このような人にだけはなりたくないと常に願っている。

ところが実際は、自分が大きな組織を率いれば率いるほど「企業内個人」として、“YES, but”の人であり続けるのは難しくなってくる。仮に上下関係は無視したとしても、組織の中にはまだ前後の関係（継続的な事業の流れに合っているか、あるいは合わせられるか）と左右の関係（関連部署を動かせるか）がある。

だからかく言う私も組織の中では、事業部長をやっていた時でさえ、外からの売り込みや提案に対していつのまにか、〝NO〟からの発想で答えていることが多かった。

企業組織の階段を上に昇れば昇るほど、できないことの方が多くなっていくからだ。

組織を背負わずに（ということは課長とか部長とか部下を持つ組織の長にはならずに）、企業内個人として仕事をする「マネジメントフリー」の立場にならなければ、“YES, but”の人でいるのは至難の技だ。それならばラインを持つことを捨てて、企業内フリープロデューサーとしてふるまった方がよい。

私には通信ネットワーク事業の最前線で、300人の部下を従えていた一時期もあった。しかし、その後、30代後半でのヨーロッパ在住を経て、自分が育てた（と勘違いしていただけで、彼や彼女たちが成長する事業環境に置かれて勝手に自分で育った面のほうが遥かに大きいのだが）部下との関係をいったん整理して、会社と私の新しい関係を創っていく時期に来ているという想いが強くなったのだ。

こうして私は会社のフェローとして、「元気になる人」でい続ける道を選んだ。

4 自分だけの〝ウミウシ〟を見つける

新しい自分の幸福を見つけたい

とある日の、27歳の留学帰りの社員との対話である。

「ビジネススクールでの1年間、これからの時代の新しい幸福論について、けっこうじっくり考えました」と彼。

「そりゃスゴイじゃない。で、どうすれば幸福になれるのか、オレにも教えて」と私。

「それはですねえ。一人一人が自分の目標を持つことから始まるんだと思うんです」

「いいねえ。それは、そのとおりかもしれない。ところで、どんな種類の、どんな方向性を持った目標を持てばいいのかなあ？」

「それは、何か好きなことを追いかけるのでもいいですし。それが何か、物でもいいと思いますし。もっと多くの何かっていうことだと思うんです」

「でも〝物〟を追っかけたり、〝もっと多くの〟何かを求めたりってのは、80年代にさんざん追いかけた目標じゃなかったっけ」

「そうですねえ、そう言われれば」

「〝もっと多くの〟って言うこと自体、幸福論としては通用しなくなってきたんじゃない？　〝目標〟って言葉だってどうもしっくりこないもの」

こんな対話を通して、彼は20代の最後の3年間、大事な30代へのステップについて考え始める。自分は何を追いかけようか。本当は一体何を実現したいんだろうか。

「新規事業開発室が第1志望なんです。調査の仕事は丸4年やってきましたし、一応ひと通り分かったかなと思うんです。だから今度は事業に直接関わりたいと思って」

「調査の仕事のまわりで新しいスタイルの調査手法や、あるいは新しい事業は生み出せないんだっけ。そういう提案はしたことある？」

「いえ、市場調査の仕事のまわりで新規事業っていうのは考えたことなかったです」

新規事業開発室というセクションに来ると自然に新規事業のアイディアが浮かんで来たり、事業の立ち上げに関われたりするというのは誤りだ。自分の現場で、自分の今やっている仕事のまわりで、常に新しいやり方はないかという問いかけを持っている人、常に新しい事業の芽はないかというまなざしを持っている人、そういう人が新規事業の担当として選ばれる。

彼はまだ、過去の先輩のかっこいい仕事のイメージを追ってしまっているように私には思えた。

過去に成功した人のイメージを追っていくと、自分もその成功や幸福を疑似体験できるように思ってしまうバーチャルリアリティ的な錯覚は、いつも幸福論の落し穴だ。自分自身の幸福論に基づいてオリジナルな仕事スタイルを創っていかなければ幸福にはなれない。言葉で言えば簡単なのだが、相当行動力がある人でもこれがなかなか難しい。

オリジナルなかっこよさを求めたい

実現を阻害する心理的な理由は、2つあるように思う。

一つ目は、どうしても過去の歴史的なかっこいい人のイメージが頭に残ってしまっていること。小学校時代から親や先生に勧められてエジソンやシュバイツァーの「偉人伝」を読まされたり、会社に入ってもスターであった先輩の物語を聞かされ続けたり。知らず知らず私たちには、過去のスターがやった行動が無条件に正解であったと刷り込まれている。

二つ目は、自分のオリジナルなカッコ良さを求めて独自のワークスタイルを創っていくことは、けっこう孤独でタフな仕事だという点だ。

たとえば名刺に書く肩書きでも、外国人に自分の役割を一言で言わなければならない場合など、既成概念のあるものの方が容易にわかってくれる。「デザイナーです」とか「住宅の営業です」とか。これに対して、「新規事業の立ち上げ屋です」とか、「事業のシナリオライター兼演出家です」とか言うのは、はじめ多分にうさん臭がられるし、相手に正確には理解されない。だから自分も不安になってくる。「オリジナル」というのは「他に例のないこと」なのだから、人にわかってもらえなくて当然だという当初の覚悟は、それでも人に認めてもらいたいと思う平凡な願望についつい負けそうになる。

「誰のようでもありたくない自分」と「誰かのようでありたい自分」が同居しているのだ。

私でも、誰のようでもありたくない自分を追いかけながら、誰のようでもない「孤独の恐怖」に夜中に跳ね起きることがある。この孤独の恐怖にやられてしまえば、結局ありきたりのボキャブラリーの一員になってしまうのに。

私は自らに言い聞かせるように、最後に彼にエールを贈る。

「ウミウシだよ、ウミウシ。昭和天皇はウミウシの研究してたところが、かっこ良かったんだよ。探すなら、そういうヤツ探そうよ!」

5　仕事に魂を刻みつけていくこと

生命に関わる仕事は尊い

私は病院やホスピスでの末期医療の話を聞いたり、生死に関わるドキュメントを読んだり、「国境なき医師団」に参加した医師や子供地球基金の代表からボスニアでの活動の話を聞いたあと、しばし落ち込むことがある。

生命に関わる仕事が如何に尊いか。それに比べて私はいったい何をやっているんだろうという素朴な疑問からである。

それを口にしてみたら、妻は一言、

「そんなことはないわよ。仕事に重いも軽いもないもの。本を作るのも自動車作るのも、なんでも人が生活していくために必要な仕事よ」と言ってくれた。

そう言われてみれば確かにそうだが、それでも私の疑問は残る。どう考えても、癌やＡＩＤＳやコロナと闘い、患者を勇気づけ自分を叱咤激励しながら明日の治療技術を追究している人や、内戦の銃声鳴り止まぬソマリアで傷ついた市民の救援活動をしている医師や看護師たちは、私より偉い。

私はよく、衣食住、遊学働、真善美と、三層構造で積み上げる人間の意識を、［図5］のような立体的な三角錐の構造にたとえる。

その底辺にある、生まれるということ。そして、その頂点にある死ぬということ。この生と死の三角錐の中に、様々な仕事が位置付けられる。

底辺の「生」の領域。マズローのいう人間の第一次欲求「生存の欲求」に近ければ近いほど、人間の生死に直結するタフな仕事だ。それから遠ざかれば遠ざかるほど、情報産業とかネットビジネスと呼ばれるかっこいい仕事の領域にはいる。自分の都合で休むことも比較的容易だし、自分探しでヒマをつぶしていられる贅沢なお仕事もある。

通信事業の最前線で営業の仕事をやっていた時、この疑問はしばしば私の胸に湧いては消えた。自分の仕事の相対的な価値についてである。

そんなとき、生死に直接関わらない仕事でも、どういう態度で臨めば生死に関わるほどの価値が生まれるのかを教えてくれたのは、博多の友人が演じた一人芝居「砂漠の商人」だった。

出逢いの中に自分の人生を刻みつける

オグ・マンディーノのベストセラー『大いなる訓戒』（情報センター出版局・絶版）をベースに、今から2000年前、キリストに偶然出会った商人を主人公として、商人として大成功するための法則を物語ったものだ。

オグ・マンディーノ自身はアメリカで大成功したトップセールスマンで、なぜ自分が成功できたのかというと、太古からの秘伝である十数カ条の訓戒を守り通してきたからだと語っている。友人はその中の1つをこの物語の主題に据えて、「商売というのは、出逢いの中に自らの人生を刻みつけていくことだ」と解釈している。

「商売」というのを、「営業」と言い替えても「人生」としてもよい。

「出逢いの中に、自分の人生を刻みつけていくこと」

［図５］

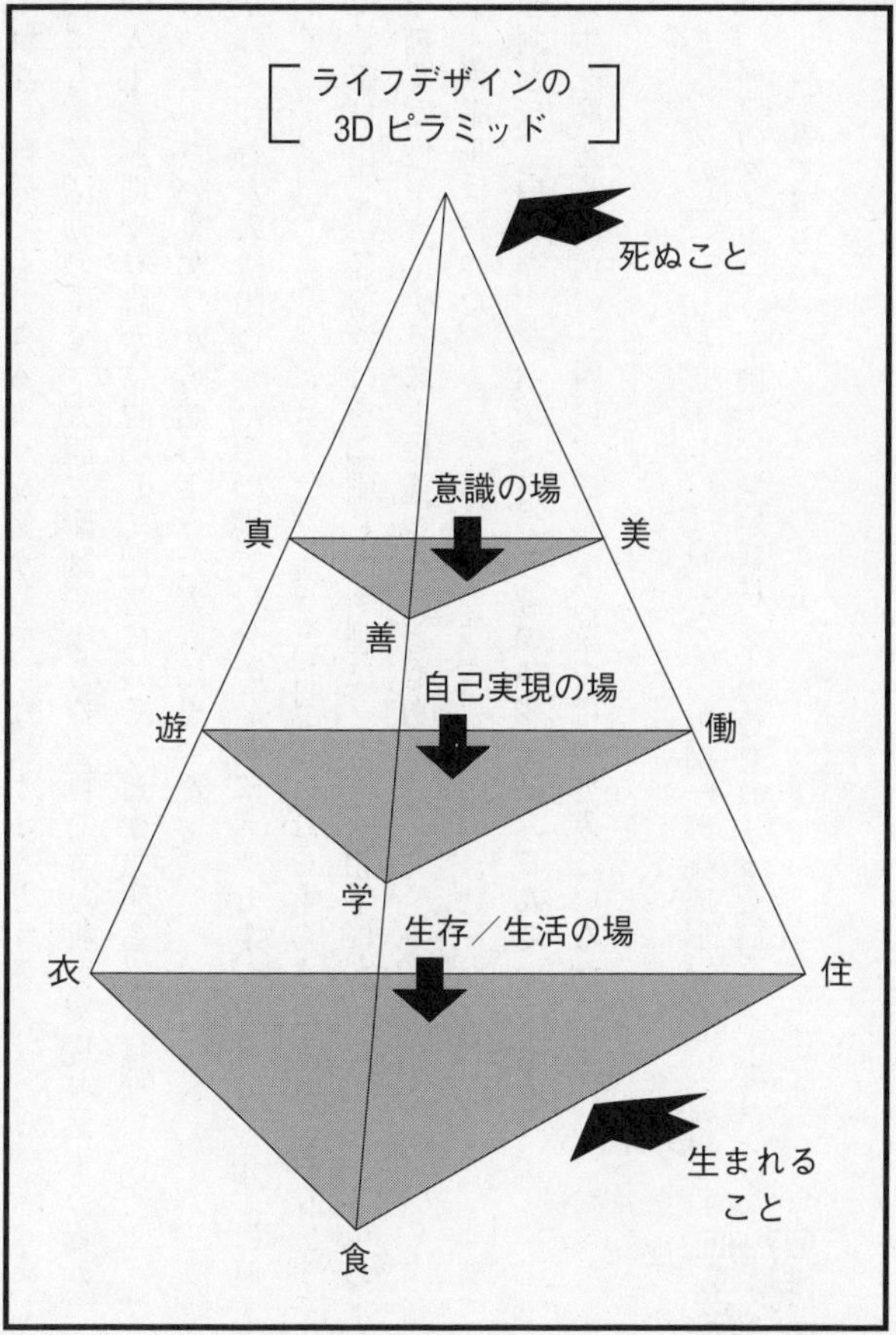
ライフデザインの
3D ピラミッド
死ぬこと
意識の場
真
美
善
自己実現の場
遊
働
学
生存／生活の場
衣
住
生まれる
こと
食

それなら自分にもできるような気がして、なにかホッとする。

なにも営業活動の中で、大胆に彫刻のような企画をゴリ押しで売り込もうとか、自分の人生を無理やり誰かに説明して記憶に残そうとか気張る必要はない。

もっと小さいカケラから始めようと素直に思った。

京都に住む友人は出逢ったその場で自分の名刺にメッセージを書いて相手に渡す。いわく、「今日が、私と○○さんの一番若い日」。これをもらうと忘れられない。その場で絵筆を出し、名前だけを印刷した名刺に一人一人相手にあわせて2〜3色の水彩画を描く女性ジャーナリストに逢ったこともある。

シャガールは言った。

「絵画とは、白いキャンバスに自分の魂の色彩を刻みこんでいくことだ」

人生を終える直前の一瞬に、そんな言葉をはいてみたいなあ……。

＊その後の「ライフデザインの3Dピラミッド図」の完成形「人生の意識と欲望のダイヤモンド図」については、下のQRコードを読みとってリンクしてみて下さい。

6　履歴書をつくろう——前半戦の棚卸し決算として

「あなたは何ができる人なんですか？」

ロンドンに発つ3カ月ほど前から、私は英文の履歴書《レジュメ》を作る必要があって、初めて英訳の専門家と打ち合わせをした。

「えーと、この〝ハウジング事業の立ち上げに関わった〟というのは、具体的にはどういうことをされたんですか？　セールスですか、リサーチですか、それともこの雑誌の編集ですか？」

「それから〝営業課長として、通信事業の第一線で……推進した〟というのは、具体的には、どの分野で何の技術を蓄積されたんですか？　それとも単にセールスをしたということですか？」

「社会的な活動についてはどうですか？　かなり重視されますので、あるなら、きっちり書いたほうがいいと思いますけど」

やつぎばやの質問に、私はまるで研修を受けているような錯覚に陥った。

日本では、それほど意識せずに便利に使っている言葉、

「……に関わった」

「……に参加した」

「……を推進した」

というアイマイ表現のオブラートが、すべて身ぐるみはがされて具体的な仕事の中身のみが裸の姿になっていく。こうして作ってもらった英文の履歴書を手に、英語学校に頼んでプレゼンテーションの専門家を手配してもらい、彼の目の前で再びチェックを受ける。

「結局あなたは何ができる人なんですか? このレジュメからは伝わってこないけど」

「ヨーロッパで何をしたいんですか? 何が目的(objective)かを、もっとはっきりさせないと」

「ビジネススクールで話すとすると、あなたの理論のうち、彼等に実際のケースですぐに使えるものは何ですか?」

再びはっきりさせろ攻撃にあって、私はノックダウン寸前だった。それでも逃げて

帰るのはかっこ悪いから、なんとか一つ一つ私の言いたいことを海外の人にわかるように、教師と共にクリアにしていった。

自分のキャリアを裸にする

「自分のキャリアを裸にして、海外の人に話してわかるかどうか整理してみる」

この試みは図らずも、私がそれまで如何にいい加減に自分のキャリアを捉えていたか、如何に曖昧なまま「関わった」程度の実績で鼻を高くしていたか、如何に今までのやり方では国際的に通用しないか……それらを露呈する結果となった。

渡欧してから欧米人と面と向かったやりとりの中でも、同じことが繰り返し問われた。

結果的にはそのことが、40歳を前にして、自分の仕事観をもう一度振り返るキッカケになったのだが。

初めてお互いの紹介をする時に、名刺の交換という日本的な流儀は欧州でも一般的になった感がある。しかし彼等はそれを見ない。会社案内など目の前でファイルケースにポイである。ディレクター（部長）だとかマネジャー（課長）だとかいっても、ほとんど意味はない。要は「あなたは何ができるんですか？」の一点だ。

海外に出てビジネスをする機会のない人も、大企業の課長のポジションに収まってしまっている人も、一度も転職など考えたことのない人にも、私は次のような手順で履歴書を作ってみることをお勧めする。自分自身のこれからの人生を考えるのに、そのキャリアと実力、そして蓄積してきたはずの自分の見えない資産を棚卸しする良い機会になるからだ。

履歴書を書く3段階の手順

手順としては、次の3段階で考えながら実際に書いてみる。

①　自分がやってきた仕事の棚卸しをやってみる

どのセクションのなんの役職であったのかではなく、そのセクションにいた時に、実際自分が何をやったのかを具体的に記さなければならない。新しいノウハウの開発だったのか、先輩の開拓したスポンサーを引き継いで売り上げを倍増させたのか。自分の仕事はどんな影響力があったのか。

そして何に失敗したのか。それが後にどんな成果につながっているか。

② 自分のキャリアを総括して「何が売りか」を抽出する

海外の人に「あなたは何ができる人なんですか？」と聞かれた場合に何と答えるかを、たった1行の短いキャッチフレーズとして作ってみる。自分のキャリアを一度眺め回して、本当にそれができると言えるか、反芻する。そして、それは今後ともやり続けたいことなのかについて、もう一度噛みしめてみる。

納得がいったら履歴書のヘッドに、自分の名前よりも先にこれを書き入れる。

③ 最後に自分が個人的にやり続けている社会的な活動について述べる

会社の一員としてではなく社会の一員として、自分は何に関心があり、何をやり続けている人なのかを書いてみる。英語でこの履歴書（レジュメ）を欧米人に出す場合、項目は、"Volunteer Activities（ボランティア・アクティビティーズ）"となる。ここでも、どこの理事だとか委員だとかのポジションの話ではなく、自らが何をやっていて具体的にどんな貢献をしているのかが問題になる。

実際にこれを転職の際に企業に持っていく履歴書として機能させるためには、気張って書き込んで10ページくらいになってしまったものを、2、3ページに凝縮して表現する必要がある。海外ではこれをさらに縮めて、1ページの英文で紹介するのが便利だ。

「その時、私はどこにいたのか」を書くのが今までの日本流（位置エネルギー型）。
「その時、私は何をしたのか」を書くのがグローバルな流儀（運動エネルギー型）。

日本は位置エネルギーを尊しとし、グローバル社会は運動エネルギーを重んじるとも言える。これからビジネス社会に「効く」履歴書は、明らかにその人の持つ過去、現在、未来の運動エネルギーが伝わるユニークな自分流のスタイルになるだろう。

7　会社は夢を実現するためのシステムか

アイディアは、生活の中から出る

人生を教えるあらゆる本では、肩の力を抜いてリラックスできた時に私たちは気持ちよく仕事ができるし、いい発想も生まれるのだと説いている。ところが会社員をやっていると、この自然流を日がな1日続けていくことは不可能に近い。

例を挙げよう。おもちゃ会社の開発部に配属された課長は、社長から次の時代のヒット商品として児童の知育グッズの開発を命ぜられ、日々のブレストとマーケティングリサーチに超多忙な毎日を送っている。彼女はこの使命を全うするために自らに鞭打って、6歳と3歳の2人の子供の寝顔を見ることもかなわぬほど、このところ働き詰めだ。

部下との会議、上司への根回し、社外ブレーンとの打ち合わせ、広告代理店のプレゼンテーション、試作品を作るための調査、流通会社への根回しをかねたご接待。その合間に経営会議のレポートを書かなければならないし、月末までには予算案にあわせて部下の給与の査定も終えておかなければならない。スマホにはそんなスケジュールがぎっしり詰められていく。

彼女は、ここで大いなる矛盾が起こっていることに気付かない。

「自分の生活をしっかりとして、自分の子供を見つめていた方がいいアイディアが出てくるのに」

子供の目の前にいくつかの玩具を並べれば、大人が考えているイメージや教育的な効果とは裏腹に彼等は意外な選択をすることがわかる。たとえば、白い色のボディーに赤と青というフランス国旗のようなトリコロールカラーは大人には単純すぎてあまり魅力がないけれど、子供の目を奪うにはこのシンプルな配色が効く。

また、パートナーとどんなものが欲しいか、どんなときに困ったかを話し合えば、その辺のリサーチデータよりもよっぽど生きた情報が得られるだろう。「とにかくまだ下の子に手がかかるから、教育的な効果よりもその子が興味をもって少しでも長い時間1人で遊んでくれる物の方が、親の時間ができて嬉しいよね」というようなヒントが得られるかもしれない。

大人たちは往々にして、本当のニーズでもないものに適当なコンセプトと試行錯誤の飾りをつけて、世の中に送り出してしまう。しっかりと現実を生きていないと自分が本当に欲しいと思っていないものを生み出してしまう。

自分のカケラとは似ても似つかないものを、この世に残してしまうことになるのだ。

継続が目的化してしまう会社

「ウチの会社には、最近全然夢がない」と言う新入社員がいる。「仕事に夢なんか求めるものじゃないぜ。本来会社というのは、そんなあまっちょろいもんじゃあないんだから」と諌める先輩社員がいる。一体、どちらが正解なんだろう。

少なくとも歴史的事実から見れば、会社とは本来、夢を実現するために創られたものだ。

そもそも株式会社の成立は、500年前のコロンブスの新大陸発見の頃まで遡る。

コロンブスが新規事業の計画書を出し、その夢に乗って女王が資金を出した。航海士は航海技術を、人夫は腕力を、僧侶は神の恩寵を、みな同じ夢に懸けて自分の持てる資源を持ち寄ることで事業を実現させた。その後の大航海時代は黄金の国の発見競争だった。黄金の国に行き着けるのか、行き着けないのか。この船長のマネジメント能力に懸けるのはいいが、はたして帰ってこられるのか。若い冒険家の夢に多くの人がより少ないリスクで懸けるシステム……それが株式会社の成立につながっている。

「会社というのは、夢を実現するためのシステムだ」

青臭いこと言うなと言われても、本来の役割はそうなのだから仕方ない。

しかし実際には、元々そのような夢と志をもって設立された会社も、30年、50年を経て、いつしか「継続して拡大すること」が目的になってしまう。だから今、会社を選ぶ新入社員から見ると、「夢」と「会社」という目的と手段とが逆転している状況の中に就職することになる。

黄金を探しにいく船にみんなで投資して、夢叶って儲けることができたら解散する筋合いの一時的な存在が、「生き続けたい」という思いにかられてしまったもの。それが今日の企業の姿だ。

そんな中にあって、もがき苦しみながらも次の夢を追いかけようとしている会社。このロマンが叶えられたら、「やーめた！」と爽やかに解散しようという会社。自分の夢を追いかけていけば必ずやらせてくれそうな会社。

会社員として働くのなら、そんな会社を選ぶのがよさそうだ。でも、どうしたら、そんな「夢を実現しようとする会社」を見分けられるだろうか？……私ならズバリ社長にこう聞きます。「あなたは、どんな夢が叶ったら社長を辞めますか？」

この問いに答えられないような会社にエネルギーを投資するのはもったいない。

別の観点から、この点について具体例を示そう。ヨーロッパのある会社の例である。

"L'IDEA DI FERRARI"「フェラーリの理想」

1990年代の秋、妻と友人6人でイタリアのフィレンツェを訪ねた。街の北を守る城を舞台に、あるエキジビションが開催されていた。"L'IDEA DI FERRARI"「フェラーリの理想」展である。

小高い丘の頂に廃墟と化した城がある。その中庭の広大な芝生の上に、一辺が６メートル大のガラスのキューブ（四角い箱）がいくつも配されている。背景はフィレンツェ市内のドゥオモ（大聖堂）を中心とする紅い街だ。赤茶けたアルノ河の流れとトスカーナの渋いオレンジ色の瓦屋根が、くすんだ紅色の舞台装置を創る。それらを借景にして透明なキューブの中には歴代の名車が一台ずつ展示されている。すぐ走り出せるように完全にチューンナップされた赤いフェラーリが静かに息づいているのだ。城の中ではフェラーリの歴史とエンジンの変遷が淡々と語られる。フェラーリは何を目指したのか。私のようなクルマ音痴にもわかる美しさと調和がそこにある。

赤い風の香りだな、と感じた。フェラーリとは風の表現であり、車における究極のセックスアピールなのだ。

さて翻って、いったい日本企業のどこが「イデア・ディ・〇〇」（〇〇会社の理想）展を開催できるだろうか。「理想」でプレゼンテーションできる会社。そんな会社が、入社前の内定者懇親会の酒盛りのときだけでなく、入社した後も夢を語れる会社だと考えられる。

人間は奇蹟を起こすために生まれてきたのだから、その人間によって構成される会社もまた、ひとりではとうてい不可能な奇蹟を起こすためにあるのだと思う。

どんなに青臭いと言われても、夢を捨てたら手段に殺される。

第5章　「生きる」ことをどう演出するか

1 「アール・ド・ヴィーヴル」の教え

フランス人の生活信条「Art de vivre（アール・ド・ヴィーヴル）」は、人間と人間の間を取り持つコミュニケーション手段としての「芸術的生活術」を示すものだとデフォルメして前に書いた。

だがもちろん、実際にフランス人が語るときにはもっと豊かで深い意味が含まれる。

フランス語で〝Art〟は「術」であり、〝de〟は英語の〝of〟、そして最後の〝vivre〟は「生活」あるいは「暮らし」という意味だ。

すなわちそのまま直訳すれば「生活術」、あるいは意訳をすれば「処生術」となる。

R社のワークデザイン研究室がかつて行ったフランスの若者へのインタビューでは、彼等は「アール・ド・ヴィーヴル」を次のように語った。

「それは、シンデレラのカボチャを馬車に変えることにつながります」

「何よりも生きることを楽しみ、日常の平凡さから抜け出る知恵です。女性に道を譲りながらそのファッションやヘアスタイルをほめることや、料理を楽しむために美しいテーブルクロスを選ぶことも入ります」

「それは機会を利用して楽しむ術。義務感のアンチテーゼではないでしょうか」

「ゆとりある時間の中で生まれる楽しみ。昨日の繰り返しを続けないことです。時間をとって行動に余裕をもてば、人は胸いっぱいに人生を呼吸できます」

「電車を1台やり過ごし、次の電車で座っていくことから始まります。

日常の中に「アール・ド・ヴィーヴル」が息づいている。

これらはみな、20代前半の若者の証言だ。さらに哲学的に深めれば、そこには「人は生を受け死を迎えるまで、結局他人と完全にわかり合えることはない」という絶対的に孤独な人間観が横たわっている。

だからこそ「如何にわかり合えないもの同士が共に幸せに生きていくことができるか？　おいしい食事、興味深い知的な会話。そこに人が幸福を共有する時間があり、方法そのものがあるのではないか」とする考え方だという。

私のような不勉強な日本人が素直にやさしく解釈すれば、それって「日常的に小さな感動を与えあう人生」っていうことじゃないだろうか。

人生を、一編の連続した映画やゲームソフトの開発のように考えているのだろう。アートを愛し尊ぶフランス人らしい。そんな気がする。生活のそこここにある人と人とのふれあいの中で、なんでもいいから小さな感動を与え合う人生。フランス流の粋な生き方というのは、そんな生き方を言うのではなかろうか。

そして私はロンドン滞在のあとパリに引っ越して1年と3カ月、「アール・ド・ヴィーヴル」の謎に取り組むことになる。

2　家の中にブラックホールを持ち込む

「蛍光灯を消して……」と彼女は言った。

ベッドルームでの危険な情事のお話ではない。ある勉強会での講演の席上で、講師である彼女は冒頭、会場係にそのように要望したのだ。会場は普段は子供たちが通う進学塾だったから、明るい蛍光灯が天井いっぱいピッカピカについていた。私たちにはまったく自然な室内の光景である。

彼女は「フランス人のわがままで申しわけない」と謙虚に自己紹介をしながら、母国のフランスではこのような直接照明は工場のようなところにしかないこと、講演会場でも職場でも家の中でも極力間接照明にして、もっとしっとりと人にやさしい灯りを演出していることを語った。

確かに私たちは、職場の縦横整然と並んだ蛍光灯の下で何の不思議も感じずに仕事をしている。考えてみれば彼女の指摘するように、このような光は工場の大量生産の現場の照明をそのままオフィスに持ち込んだものだ。

彼女は、さらに語る。

「日本の昔の家屋には必ず暗くて怖いような空間があって、そこに祖先の霊や様々な魑魅魍魎《ちみもうりょう》の世界が入りこむ余地を与えていたのです。いわば家族の暮らす家の中にあえてブラックホールを持ち込むことによって、クリエイティブな何かを生み出そうとしていたのだとも言えます」

ブラックホールという名の「間」。「あかずの間」などと呼ばれていた空間。父ちゃんや母ちゃん、爺ちゃんや婆ちゃんでさえも何らかの「おそれ」をもって接していたところ。ある種の緊張感を醸し出していた「間」。そんなものを日本の家族は大事にしてきた。

ニューヨークでもパリでも東京でも、文化は暗いところから生まれる。アンダーグラウンドのゴチャゴチャした怪しげな世界から生まれる。

ルーブル美術館の前に突如として登場し、大きな批判を浴びたガラス張りのピラミッド。あのピラミッドも別の意味でブラックホールの役割を担ったのかもしれない。超近代的なギラギラの技術のかたまりが伝統と格式のルーブルを照らし、古くて忘れ去られようとしていた「美」に再び光を与えているからだ。

人間も、どこかにブラックホールを抱えていた方が持ち味が光ってくるものなのだろう。

3　人を紹介する方法

誰かに人を紹介するとき、その人をどのように紹介するかで紹介者の愛情の在り方がわかる。

営業部長時代、私はよく部下たちにこんな話をした。

「自分の上司や技術スタッフをお客様に紹介する時、ただ黙っていてはダメ。上司の○○ですとか技術の○○ですだけでもまだダメ。私の上司はかつてこんな仕事をした人で、その経験をお客様のために使っていただけるのではないかと思って連れてきましたとか、彼はこういう技術分野に強いので、お客様の課題にはぴったりだと考えたものですからというように、紹介する人間に付加価値をつけること。人を紹介する場面もお客様に対するサービスだと思って欲しい」

個人として会食やパーティーで紹介を受けるときも、自分を多少大げさに紹介してもらえた方がありがたい。なぜならその方が、紹介された相手方との間で話題を見つける糸口になるからだ。

もし私が「彼は新規事業の立ち上げの仕事をしてるんですが、絵が好きで、自宅を美術館にしちゃってるんですよ」と紹介されれば、相手の方は「どんな絵がお好きなんですか?」とか「ご自宅はどちらですか?」と話をつなぐことができる。

私の親友の1人は、このような紹介の達人だ。

彼はたいてい、紹介される人を大変大げさに持ち上げる。彼の手にかかると、会社に勤めている人ならほとんどすべて「彼は若手の社員から次の社長と目されている人で」とか、アーティストであれば「彼女は日本のフリーダ・カーロと言われていて、いつも個展は女子高生で満杯」となる。しかしその本人の自己紹介となると慎ましくおとなしい。

名前を語るだけなのだ。

人を紹介できる人間になりたいと思う。ただ上手に人を紹介できる人間になりたい。人の間と間を紡ぐこと。「間」の達人となること。それだけでも立派なソフト作りだ。それは、人脈とかネットワークなどという軽い言葉では語り得ない、愛情エネルギーがいる創造的な仕事だと思う。

4　人と人との間に何かをクリエイトする

パリに1年3カ月住んでみて、ようやくずっと謎であったフランス人の生活信条「アール・ド・ヴィーヴル」の意味をより深く理解することができた。

結論から言ってしまえば、「人と人との間に何をクリエイトしえるのか」という問いかけを、年齢に関係なく常に持つことを教えた人生哲学だ。社会学者の宮台真司氏流にいえば、しだいに沈滞していく成熟化社会の「終わりなき日常」を生きる知恵だとも言える。

中国人は孔子の昔、あの戦国時代に、まず「私とあなたの2人の間にウソがない関係」をつくろうとした。それを「仁」という言葉に託した。

フランス人はそこに、芸術的で曖昧で、危ういけれどクリエイティブな関係を夢見た。それが「アール・ド・ヴィーヴル」。フランス流の「仁」である。

まず、何といってもこの国では食事が基本だ。

自宅に相手の夫妻を招いて4人で食事をすること。食事の間に気の効いた会話をワインとともに楽しむこと。そして、夫婦のどちらかがアレンジしたテーブルセッティングやインテリアを通して、自分たちの好みや大事にしている価値観を通わせあうこと――フランス人にとっては、これが人間関係の基本にある。夫婦同士のこの大事な時間には、子供はみな、眠たくなくてもベッドルームに閉じ込められる。

スマホが鳴ることもないし、会話の邪魔になるテレビは居間に置かれていない。

アパートの隣人に招かれて夜8時半におじゃました私たちは、夜中の12時半に夕食が終わるまで、お互いの2人の子供たちの存在をすっかり忘れることができた。

次にアッパーミドルクラスにおいては、田舎のカントリーハウス（別荘）が、別の次元での「アール・ド・ヴィーヴル」の舞台になる。

親友のサンマルタンにあるカントリーハウスでは、休暇ごとに友人たちが招かれて猟が行われる。テニスコートは、コンクリートの流しこみからすべて兄弟でつくった。

隣人のカントリーハウスは、父親がノルマンディーの崩れかかった農家を安く買い取って、それを年に5週間の休暇のたびに訪れては、20年かけて兄弟で少しずつ手直ししたものだ。芝を敷き詰めた中庭には昔粉挽きに使った石臼の跡があり、牛が引いたのであろう直径1・5メートル程の石のローラーがモニュメント代わりに横たわっている。屋根の瓦から壁塗りまで、今でも父と一緒に兄弟3人でやっている。

「自分と他人の間に、如何にクリエイティブな関係を創っていくか」

食事や別荘づくりは一例に過ぎない。日常のあらゆる局面でこのセンスが試される。今日と明日の社会がそれほど目新しく変わらないとすれば、目の前にいる他人との間に何かを生みだして自分の内から変わっていかなければ、沈滞の奴隷になってしまう。

「アール・ド・ヴィーヴル」とは、そんな沈滞した時代の流れを変えるための処生術なのだと思う（著者注：のちにフランス語を勉強していたら、“vivre”という言葉には「生活」や「暮らし」の他に「食事する」という意味が含まれることを知りました。人と人の関係の基本に「食べる」ことを重んじるフランス人らしいなあと思いつつ、コロナ以降の沈滞の時代には、日本人もこの哲学を見習っていくのは良い知恵ではないかと改めて感じた次第です）。

5　私設美術館のすすめ

30代になって私は長年住み慣れた日本橋浜町の両親の家を離れ、勝どきのマンションで1人暮らしを始めた。メニエルで頭が冴えなかったこともあり、気晴らしのつもりで、私の部屋を「美術館」と呼ぼうと考えた。

親の家に居候を決め込んで住居費がかからなかった分の貯金を、初期のヒロ・ヤマガタや丁紹光（ティン・シャオクァン）、名もない版画家などの絵にすべて投じてしまって、絵だけはずいぶんな数になっていた。勝関橋の横だから「かちどき美術館」という単純なネーミング。翌日には会社のデザイナーに個人的にロゴのデザインを依頼した。そしてそのマークと共に自分の名字を書き、銀座の伊東屋に持って行って表札にしてもらう。

これを玄関に掲げた瞬間、「かちどき美術館」は誕生した。

留守番電話でも「はい、かちどき美術館でございます。ただ今席をはずしておりますので」と答える。実体は60平方メートルの2DKのマンション。

その部屋が、私の意識のなかで「美術館」に変わる。

私は美術館に住んでいて、会社での営業の仕事のほかに「かちどき美術館」の館長も務めることになる。友人たちも美術館を訪れる。お客様の接待も夕暮れ時に美術館にお招きして、銀座の夜景を酒の肴にグラスを傾ける。

「この美術館で最高の傑作はこれです」と言ってから、わざとそれまで閉めておいたカーテンを開けると、そこにあるのは作者不詳の大作「TOKIO」だ。ビルのてっぺんに据えられた警告灯の赤いライトが思い思いに点滅して息づいているかのような東京の影をバックに、だいだい色の東京タワーが光る。夜半にタワーのライトが消える瞬間を大声で秒読みしながら待ったこともある。

銀座の画廊や軽井沢の画家の個展やパリでたまたま訪ねた工房にも、私は私の美術館の館長として来館者名簿にサインする。もちろん、名刺もつくる。

「かちどき美術館　館長　K. FUJIHARA」

そんなことを繰りかえしていると、初めは私の中にしかなかった遊び心が、段々と世の中を巻き込んで周囲の意識を変え始める。3年もやっていると、本当に〝美術館に住んでいて私設美術館の館長であるもうひとりの私〟と、周囲（友人とか先輩とか世の中とか社会とか）の関係が仕事とは別にでき上がる。

小さな意識の変化が、世の中を大きく変えていく瞬間だ。

いや、初めは私の内側から世の中の見え方が変わってくる。そのうち周囲との関係が変化し始め、そして遂に世の中のほうが変わってしまう。

中野駅から歩いて5分。緑の多い住宅街の中にもそんな小さな私設美術館がある。

あるご夫妻（奥様は洋画家）が自宅の敷地に建てた個人美術館「嫁菜《よめな》の花美術館」だ。入り口は階段を降りて地下にある。入ると右手に小さなカフェ。受付の後ろには、オリジナルの嫁菜の花ブローチや近くの主婦の手作りの品々を売るブティックがある。階段を上ると2階、3階が展示フロアで、その上にご夫婦と13匹のネコが暮らす居室があるらしい。この美術館のコンセプトは、無名の主婦が作った絵や織物などの作品を一般の人が自由にゆっくりと鑑賞することができるミュージアムである（現在は閉館中）。

小淵沢高原には、「フィリア美術館」という個人美術館がある。

ここでは、もともと地元の郵便局長さんだった方が在職中から収集していた北欧の絵本の原画を、木の地肌を生かしたスペースに静かに展示している。中央に設置されたパイプオルガンはやはりこの辺りの職人さんの作品だそうで、たまにコンサートが開かれる。小さなティールームでは手作りのチーズケーキも楽しめる。

小淵沢のまわりには、このようなプチミュージアムが点在している。

「くんぺい童話館」はペンション風の建物で、若くして亡くなられた天才イラストレーター（東君平）の作品を中心に展示している。奥様が1人でがんばって、訪れた人の眼を楽しませるように庭には花がいっぱい咲き乱れている。

私が現在住んでいる街には、2つの個人ミュージアムがある。

一つは永福町の駅から北へ歩いた和田堀公園の手前に、ご主人がカルタ好きでずっと収集していた昔からのカルタを展示している「村井かるた資料館」（現在は休館中）。

もう一つは駅の南、わが「永福町美術館」だ（結婚して子供が生まれてから永福町に引っ越してきたので、「かちどき美術館」はそのまま「永福町美術館」となった）。

「永福町美術館」は、70平米しかないただの小さな家である。そこには私と妻と3人の子供が住んでいて、私たちと生活を共にする12枚程の版画が壁に飾ってある。ただそれだけのところだ。友人だけしか見に来ないし入場料もとっていない。

それでも自分の家を美術館と名付けてしまえば、そこは美術館となる。

「住んでいる家に絵が飾ってある」と言うよりは「美術館に住んでいる」と言う方が、それだけで心が豊かになる。

本がたくさんある人は「図書館」を名乗ったらいい。楽器が1つでもできる人は、自分の家を「コンサートホール」と呼ぼう。そうして自分の街を、個人の小さな美術館や図書館やコンサートホールでいっぱいにするのだ。
メニエルになった直後に自宅を「美術館」と呼んでしまおうという意識に出逢えたことが、そんな夢を私に抱かせた。

革命はいつも、たった1人から始まる。

「なんか、おかしいな?」「どっか、ヘンだな?」と思ったら、まずいったん渦中にいるシステムから逃れて、見方を自分の方から変えてみる。自分の中にある意識を、自分の一番好きなものをきっかけに革命的に変えてみる。
「自分の人生のオーナーは誰ですか?」

6 人生観——ライフデザイン事始め

R社のワークデザイン研究室が「欧米人の人生観――ライフデザインの基本になるものは何か」という比較研究を行った。その詳しい報告書によるとポイントはおよそ次のようになる。

イタリア人は、人生の目的を「ファンタジア」の実現に置いている。「ファンタジア」とは日本語で訳すことのできない概念らしいが、自分の追い求める創造性や夢を示すようだ。もし1人の若者が会社を辞めてブラブラしていたとしても、友人たちは「彼は自分のファンタジアを追うために、今ちょっと休んで来たるべき仕事をつかむチャンスを待っているんだ」と語る。

日本だったら、履歴書にプータローをしていたブランクの（真っ白な）1年間があると、人事担当者は必ず「この間は何をなさっていたんですか?」と聞くだろう。そこで勇気をもって「ちょっと考え事をしてました」と、まっすぐ相手の目を見て答えられるだろうか。

ドイツ人の人生のキーワードは、「ヘラウスフォルデルング」。あえて挑む決断、とでもいうような緊迫感のある言葉らしい。

アメリカ人には、若い世代の間にも「アメリカンドリーム」というコンセプトが生きている。大きな夢をもってそれを実現すること。また会社を興すことも1つの自己表現だというように、日本人と比べるとはるかに軽い感覚がある。

フランス人にとっては「アール・ド・ヴィーヴル」。前述したように、意訳すればシンプルに「処生術」という言葉になるが、ここでは「芸術的生活術」とでもしておこう。

これらに対して現代日本人のライフデザイン観の中心的な価値を問われれば、一体どう答えればいいのだろうか。

ホンネのところでは結局、うまく生きること……?

すなわち、あらゆる変化にうまく適応してオイシイ思いをすることだと言えるのではないか。日本の近代史が示してきた典型的な日本人の人生観は、そのように悲しいくらい合理的な、商売感覚の強いものだったように思う。

エーリッヒ・フロムの著書『自由からの逃走』（日高六郎訳・東京創元社）の中に、次のような指摘がある。

「すなわち、よく適応しているという意味で正常な人間は、人間的価値についてはしばしば、神経症的な人間よりも、いっそう不健康であるばあいもありうるであろう。かれはよく適応しているとしても、それは期待されているような人間になんとかなろうとして、その代償にかれの自己をすてているのである。こうして純粋な個性と自然性とはすべて失われるであろう。これにたいして、神経症的な人間とは、自己のためのたたかいにけっして完全に屈服しようとしない人間であるということもできよう」

私たちの世代には、こうした近代に特徴的な慣習に従わなければならない義理はない。自分の人生観は自分で作る。当たり前のことを素直に実現したいと思う。

ちなみに私はフランス人の「アール・ド・ヴィーヴル」に刺激を受けていて、自分流の人生への対し方、すなわち自分流「処生術」の中に、このコンセプトを吸収してみたいと考えている。それは、自分の人生の主人公になるために「人生」という名のソフトを、家族を含めた周囲の人々との交わりの中で自ら開発し続けていくような、そんなイメージになるのではないかと想像している。

7 一人っ子の孤独

人間誰しも、何らかのコンプレックスを持って生きている。

それは繰り返し繰り返し嫌な思いをした小さい頃の悔しかったことだったり、自分の弱い部分や身体的特徴から来るものだったり、会社に入ってからの最初の出世競争での敗北だったり。

しかし、「もはや戦後ではない」と言われた昭和30年以降生まれの私たちは、おおむね豊かな時代を日本経済の拡大の波に乗って生きてきた。基本的にフォローの風に乗ってきた「スリップストリーム世代」に属する。

スリップストリームとは、親父や祖父の世代が造った現体制にいたるところで反発して「アンチ、アンチ！」と叫びながら、結果的に現体制のための大きなマーケットを形成した、あの団塊の世代が走った後の真空地帯という意味だ。カーレースで前を走る車の背後にぴったりくっついて走っていると、前の車の作る気流の効果で後続車が楽に走ることができて燃費が上がる。これをスリップストリームと呼ぶ。

要は、前の人が未開のジャングルを鉈で開きながら進んでくれると自然に道ができてしまうので、後ろから付いていく人が楽なのと同じ理屈だ。

スリップストリーム世代なら皆生きやすいと思われるかもしれないが、そんな私にも、コンプレックスはある。

まずは「一人っ子」というやつだ。

「一人っ子」という言葉には、兄弟がいない長男や長女であるという事実以上の意味が付与される。私は小さいころから「一人っ子だからねえ」とか「一人っ子でいいねえ」とか、周囲の人々にさんざん言われながら育った。父は公務員でずっと公務員宿舎暮しだったのだが、宿舎の周りの同級生にはみな兄弟姉妹がいた。

瞬間的に人を観る眼があるとか。どうすればこの人に喜んでもらえるかに関しては嫌らしいほど術を知っているとか。あるいは社会システムを無条件で信用してしまいがちで甘ったれであるとか。20代までの人生ではその通りの「一人っ子」だったのだが、それでも中学生くらいから、如何に〝らしくなく〟ふるまうかということに相当の注意を払ってきたように思う。

だから私は10代、20代を通して「兄弟は？」と聞かれる度に「どう見えますか？」と聞き返した。そして「まあ、一人っ子らしくないわねえ。妹さんかお兄さんがいるのかと思った」などと言われると、勝ち誇ったように気分がよかったものだ。今でも私は、知らず知らず〝らしくない〟パフォーマンスを続けているのかもしれない。

「一人っ子」らしくなく振る舞おうとする症候群は、時に必要以上に悪ぶってみるシンドロームに姿を変える。

中学2年の時に起こした万引き事件は、もともとホルモンのバランスが崩れると言われる14歳の時の出来事だ。今でこそ笑って話せるが、銀座の百貨店で事件を起こしすぐさまパトカーで警察署に連れて行かれたので、高校大学を通じて10年ほどは銀座辺りを歩くのがこわかった。R社は私が入社した頃西新橋にあって、その後銀座8丁目に本社を移したため、やはり初めは嫌な感じが残った。飲んだ席なら話せるようになったのは、ようやく30歳近くになってからだろうか。

自分が起こした事件とはいえ、警察官に「家に帰って父母に自分のやったことを自分で伝えなさい」と言われた時にはかなりショックで、銀座線で渋谷に向かう途中、何度もこのままいなくなってしまおうかと考えた。幸いにもそんな勇気は無かったのだが。

警察署で取り調べ室に1人取り残されて考えたことは山ほどあるが、今でも覚えているのは、「ああ、これで終わりだなあ。もう女の子に合わす顔が無いなあ」というしょうもないことである。そして私の中2、中3時代はかなり憂鬱に暮れていく。

ダメ押しは、中3のクラスの学級委員の選挙投票だった。私は例によって悪ぶって投票用紙を多く作り、番長を自認していた子の名前を書きまくって、裏で選挙運動までして当選させてしまった。当然担任にバレてしまい、「内申書に書くぞ」とすごまれた。家に帰っていよいよ退学かなと、『CQ』(アマチュア無線愛好家の雑誌)をひっくりかえして、中学中退でも入れる専門学校を必死で探した。千代田テレビ技術専門学校の広告がそんな私を救ってくれた。

今思えば、私と求人広告との出会いは中3時代のあの『CQ』の広告が始まりだったといえる。それからほぼ10年して、求人広告を本業とするR社に入社することになるのは何かの因縁だったのかもしれない。

私はこんな経験談と合わせて、私自身の「一人っ子」コンプレックスについて、自分と深く関わる人たちの前では、それが仕事仲間だったとしても極力しゃべるようにしている。すると一生懸命聞いてくれている相手の心にダイレクトに私の思いが伝わって、跳ね返ってくるお返しの思いによって私自身が癒されていく。コンプレックスは時に信頼に変わる。そんな気がしている。

8　人生の経済学——いくらあれば豊かか

死ぬまでにいくらあればいいのか？

41歳、3人の子供の親として、いったい、いくらのお金があれば人生85年を豊かに生きることができるのか（1997年当時）。あればあるなりに、なければないなりにというのが本質だが、あえてバカバカしくシンプルかつアバウトに計算してみよう。細かいことにこだわると大局が見えなくなるから、この計算の大ざっぱさは勘弁して欲しい。

家計費を大ざっぱに分ければ、最大のものは住居費、そして子供の教育費、それ以外の生活費（食費はもちろん友好費や文化的な費用、医療費などもすべて含む）の3つになる。

仮に私が50歳まで働いて、スパッとアーリーリタイアメント（ビジネス界から足を洗う）を決め込むとしよう。それまでに家のローンは終わり家族が住むところには困らないという前提で、50歳の時点で、いくらあればその後の稼ぎがなかったとしても人生を豊か（？）に暮らせるかを計算してみる。

私たちは旅行が好きなので旅行費を中心に考える。この旅費の額は、後に詳しく述べるが、家族の誰かが病気をした場合に突発的にかかる医療費に充当される予備費という意味もあるので、しっかり計算に入れたい。

相当贅沢な例（ケースA）を先にして、次にもう少し現実的な例（ケースB）を示す。実際にはその2つの例のなかほどに解があるかもしれない。

贅沢な例（ケースA）の場合

まず、教育費。

幼稚園から大学まで一貫して私立に通わせ、また大学ではアパートを借りてやったりすると、1人2000万円から2500万円かかるそうだ。

うちでは実際には長男が近くの区立小学校に通っており次男以降もそうするつもりだけれど、ここではあえて3人とも私立コースで計算する。私が50歳の時点では長男が17歳で高校生。次男が12歳で中学生。長女もまだ10歳で小学生だ。したがって3人ともこれから最もお金のかかる時期を迎えることになるから、それぞれ長男5年、次男10年、長女15年の就学期間に1000万、1500万、2000万円必要だとしておこう。塾やおけいごと、場合によって海外に留学させるようなことがあれば、これは決して大げさな額ではない。ケースAでは締めて4500万円である。


次に、生活費の部分である。

ケースAでは、1日の基本生活費（食費や暮らしの雑費）を1万円とみて月に30万円。そして月に1度は、夫婦でなのか家族でなのか、あるいは子供が単独でなのか、とにかく国内旅行に行けば20万円はかかる。うちの実際の例でも、下田に3泊4日で海水浴に行けばこのくらいはすぐかかる（パリやロンドンからなら、この額でスペインのマジョルカ島やギリシャのクレタ島に1週間行ってこられるのに！）。

さらに年に1度か2度は海外にも行きたいということであれば、夫婦2人で100

万円×2回＝200万円が加わる。実際子供の誰かが海外で暮らしていれば、これくらいの出費はありえるだろう。

これらを合計すると、1年にかかる経費としては、基本生活費が30万×12カ月＝360万円。国内旅費が20万×12カ月＝240万円。それに海外旅費の分200万円を加えて、旅費は全部で440万円。

ケースAでの生活費は締めて年額800万円の予算となる。

年に800万円は、相当贅沢な部類にはいるかもしれない。

それでも仮りに、夫婦のどちらか（あるいは子供）が病気で入院したとしたら、ここで旅費として見込んでいた分などは軽くすっ飛んでしまう。病院の差額ベッド代は1日5000円から1万円。個室なら2万円するところもある。仮りに2カ月の入院を余儀なくされれば、手術や特殊な保険外治療の費用をあわせて100〜200万円かかってしまう。

したがって家族が多い場合、そのリスクも考えると、年に800万円という予算は決して極上とは言い難い。

現実的な例（ケースB）の場合

ケースBの場合はどうなるか。まず教育費だが、ここでは子供が1人だけの場合を想定して、あとは大学の期間のみと考え、グッと絞って５００万円としてみる。

次に生活費だが、ここでは夫婦2人で1日５０００円。子供は大学生でアパート暮らしだが、アルバイトで自分の生活費は稼いでいるとしよう。

年に1回の国内旅行と、同じく1回の海外旅行を折り込むと、年間予算はどうなるだろうか。

月15万円×12カ月＝１８０万円が基本生活費。その他に病気になった場合のヘッジ（保険）という意味も含んで、旅費が20万円＋１００万円＝１２０万円。

ケースBの生活費は、締めて年額３００万円となる。

さて、総額はいくらになるか

初めに断わったように、ここでは既に自宅を保有しており住居費はかからない前提だから、子供の教育費と自分たちの生活費（しばらくは子供の分も含む）の50歳から85歳までの35年分を合計すれば、必要な総予算が求められる。

すなわちケースAの場合は、教育費が４５００万円で生活費が８００万×35年間＝

2億8000万円となり、締めて合計3億2500万円。

いっぽうケースBの場合は、教育費が500万円で生活費が300万×35年間＝1億500万円となり、締めて1億1000万円である。

つまり、私たちが結婚して子供を育て自分たちの50代からの人生を考える場合、それまで働いている間の食費や住居費その他の友好費などはトントンだったとして、50歳からの一生涯に1億1000万円から3億2500万円位のお金が必要だということになる。

今度は65歳まで目一杯働く人生を選んだとして、50歳から65歳までの平均年収を700万円としてみよう。50歳から65歳までの15年間に得る収入は700万×15年＝1億500万円。この間かかる通常の経費として仮にケースBの基本生活費と教育費を採用すると、総収入から経費支出を除いた残額は収入1億500万－生活費4500万－教育費500万＝5500万円となる。これが65歳以降のために残る額（貯金）になる。

65歳からの20年間もケースBのパターンでいくと、残りの人生を生きるのに300万円×20年間で6000万円の予算がかかる。

ケースBの人生を選択する限りにおいては、65歳までで残った額（将来のための貯金と考えてもいい）と65歳からかかる予算とはほぼイコールのように見える。

あとは、住宅ローンと退職金との関係だけが残った問題だ。

30代でマイホームを取得して住宅ローンを目一杯組んだために、最初の前提条件のように50歳でローンが終わらずに残債がまだ年額100〜200万円ある人のケースで考えてみよう。この人はまだ、年額100〜200万円×15年＝1500万〜3000万円を50歳から65歳までに支払わなければならない。

退職金が同程度出れば、めでたく人生の損益計算書は帳尻が合う。つまりプラスマイナスゼロのブレークイーブンだ。

退職金を前借りして頭金に当てたような場合には、その分65歳までの人生の損益計算書は赤字となり、それ以降の人生に繰越損が残る。

自分の年金は、いくらだろうか

最後に、年金がどの程度65歳以降の人生の必要経費をカバーしてくれるのかについて、大ざっぱな目安として私の例を示しておこう（もっとも、やがて崩壊するとも噂されるこの制度が存続していればの話だが……）。

18年間勤めたR社を96年3月末に退社してから半年経って、一通の封書が私の自宅に舞い込んだ。「厚生年金基金連合会」という聞きなれない名前の組織からで、中を開けてみると「年金支給義務承継通知」といういかめしい題目だ。それによると、将来支払われる年金額（見込額）という欄に44万5000円とある。

私はこれを見た瞬間、正直言って驚きのあまり、しばらく座り込んだ。「エーッ！オレの年金たったのこれだけ？　これじゃ月4万円もないじゃない。1日1200円だったら毎日カップヌードルのお世話になるしかないかなあ」

R社の年金担当に早速問い合わせの電話を入れ、それまでまったく関心がなかった年金について遅まきながら40歳で初めて勉強した。年金については、細かいことを聞けば聞くほどよくわからなくなる。しかも、もちろん人によって条件が異なる。したがってここでは私の場合に限り、およその例を示して参考にしていただくまでである。

仮に私がR社の厚生年金に加入せず国民年金だけに加入していたとすると、私が受け取る年金は65歳から年額78万円。夫婦ではその倍の年額156万円である。アバウトに言って、夫婦で月額13万円だ。

私は実際にはR社の厚生年金が設立された昭和62年から平成8年3月まで会社の厚生年金に加入していたから、この間の積立により上記の年額44万5000円が加算されることになるらしい。

厚生年金に加入しているサラリーマンが積立額として給与から天引きされるのは、標準報酬月額(毎月の基本給に交通費や家族手当などの諸手当を加えたいわゆる税引き前の給料)のおよそ8・7%。それと同額を会社も負担するので個人負担分の倍額が厚生年金保険に積み立てられる。最終的に実際私が年金として受け取る予定の額は、国民年金の部分と、この会社の厚生年金の部分、さらに会社が基金を設立する直前まで私が入社してから9年間の部分がやはり国から支払われる。

したがって、今後国民年金でずっといっても再びどこぞの厚生年金に入れてもらっても、夫婦2人あわせてトータルの年金額はおよそ月額20〜25万円位だろうと思われる。

多いと思われるか、それとも少ないと思われるだろうか?

前述のBパターンの最低限のところをかろうじて支えてくれる額だ。病気入院のような不測の出費があったら即パンクするギリギリの線である。

誰も教えてくれないライフデザインの経済

このような大事な数字については、学校でも会社でも、一通りの一般論くらいしか教えてはくれない。本当に大事だからこそ教えない。

旧来の産業社会の側からすれば、あまりこの辺のところを深く考えて欲しくはないというのがホンネのところなのだ。黙っていると私たちに与えられる機会は、せいぜい生命保険の営業の方が会社のコンピュータで計算したものを営業ツールとして見せてくれる時くらいである。

しかしこのようなお金がしかるべき時までに準備できなければ、私たちは私たちの家族の自由を守れないかもしれない。また実際には、この数字にはもっとシビアな面もある。65歳まで住んでいた家の改修や建て替えなどの経費や、夫婦どちらかが寝たきりになった場合の介護費用などは一切見込んでいないからだ。

ライフデザインの基礎というのは、夢や気合いばかりではどうにもならない場合もあって、このようにシンプルで時にゾッとするような経済感覚もいる。

人生のマネジメントには、どうやら会社と同様、損益計算書（P／L）と貸借対照表（B／S）、並びに毎月の資金繰りの知識も必要だ。

さて、私の場合はというと……。

ないならないなりに、考えながら創造する人生を歩むとしよう。そして共同経営者の妻や子供たちや、私が関わっていく周囲の友人を含めて、せめてバランスシートの資産の部には、見えない無形の資産（サイレント・アセット）がいっぱい残るようにしたいものだ。

9　人生最後のお値段

これも、誰も教えてくれない秘密である。学校では教わらないし、会社でも教えてはくれない。

「人生の最後を幸せに暮らすには一体いくら必要か」である。葬式や墓の話ではない。その前の5年から10年の人生を人間らしく生きるための話だ。

チェックポイントは3つある。

一つ目は、65歳までに自分の住む家についてはローンを終了して自分のものになっているか、あるいは死ぬまでに十分な期間の賃貸借契約を結んであるか。お金のない年寄りに家を貸してくれる大家はいない。

二つ目は、子供に対する出費が依然として続くか否か。わが家の場合には、現在1歳の長女も私が65歳の時点では25歳となっているから一応子育て投資は終了する。あとは老後に孫たちからの人気を維持するためにプレゼントを買ってやったり、旅行に連れて行ってやったりする費用を考えておく。「金のない年寄りには孫も寄り付かない」とは、さる大先輩の格言である。

三つ目に、30代、40代のほとんどの人がまったく意識していない大事件がある。私たちが年寄りになる頃には、おそらく「2人に1人が6カ月以上の介護を必要とする老人になる」という将来予測だ。

1997年の統計では、要介護老人（他人の介護が生活上必要不可欠な障害のある老人）は全国で約95万人。介護の平均年数は5年を超え、10年以上という人も7人に1人となっている。「老後にボケたら施設にでも入るさ」などと切迫感のないつぶやきが聞こえるが、試算によると2000年には120万人近くになり、仮に特別養護老人ホームが政府の計画通りに増えても希望者の4分の1しか入れない（2015年には、なんと633万人になっている!)。一方私立のホームは、銀座聖路加にあるシニアホームに代表されるように、入所金数千万から1億円以上。さらに月々の管理費と介護にかかわる実費が別途払いで、月に数万から数十万円という金持ち狙いの商売だ。

つまり私たちは、2分の1の確率で長期の介護が必要な老人となり、その時入るところがない確率もまた2分の1以上あるということになる。

対処の仕方はひとつしかない。

40代のうちに、死ぬまでの50年間住める家と最後に世話してくれる家族との関係をしっかり築いておくこと。そして、自分自身の介護費用くらいは積み立てておくこと。万一ヘルパーを雇わなければならないと1日2万円は覚悟しなければならない。自分が5年間介護が必要な状態になった場合には、家族の誰かが半分犠牲になることを前提としても2万円×182日(1年の半分)×5年で1820万円。もし10年なら3640万円必要だ。

退職金には手を付けないで、自分の「最後の人生」のためにとっておくか。

さもないと自分の人生のエピローグ(終幕)が悲惨になる(著者注:この本を執筆した時点では85年生きれば十分だろうという常識がありました。今は人生100年時代をどう生きるかが問われる時代に入っています。2019年に金融庁が公表した「高齢社会における資産形成・管理」で老後資金が2000万円不足するという衝撃的なシミュレーションが話題になりましたが、私は20年前にすでに計算していたわけです。上記のケースBの場合で年間300万円必要で、年金が200万円程度だと100万円足りない。65歳から20年間なら、ちょうど不足額は2000万円ということに。その後、医療保険とは別に国の介護保険制度ができましたが、私自身は足りないと判断して早々に民間の介護保険にも加入しました)。

第6章　20世紀の日本で作られた「サイボーグ」

私は、20世紀後半の日本が作り出したサイボーグだ。
昭和30年代から40年代の20年をかけて、私は製造された。

戦後日本が設計したとおりの、中産階級の生活仕様書の中で私は育った。

父は裁判所に勤める公務員だ。戦争の末期に船員として召集され、特攻同様の補給船に乗ったものの途中アクシデントで帰国するところを潜水艦の魚雷にやられた。九死に一生を得たその時の傷が右のお尻に残っている。戦後の混乱期を5人兄弟の長男として、故郷の甲斐大泉と東京を何度も往復した。そして生計が立つ見込みがついてから、母親と兄弟を呼び寄せた。最高裁判所に入ってからは、文字通り国のために、全国の裁判所のために、予算を扱う経理総務畑のスタッフとして定年まで勤めあげた。

母は戦時中に父と兄をなくした。母親（私の祖母）と妹との3人暮らしで、成人してからしばらく赤羽の郵便局で働いていた。妹の職場が最高裁で父の直属の部下であったから、2人は知り合い結婚した。父も、父親を扁桃腺の切除手術が原因の敗血症でなくしていたから、どこか同じ境遇の匂いがあった。

父は父方の祖母を世田谷の宿舎に呼んだ。さらに結婚するまでの間、一番下の妹も同居することになり、2DKの公務員住宅で、3歳の私とおばあちゃんとおばちゃんとの同居生活が始まった。もっとも私は、おばちゃんは時々お土産を買ってきてくれるお姉さんと思っていたはずで、しばらくして結婚していなくなってしまった時には「どうして僕を置いていなくなっちゃったんだろう」と寂しかった。

昭和30年代、公務員住宅の暮らし

私が3歳になった年に夫婦が入った公務員住宅は、当時最新の真新しい鉄筋コンクリート造りで、世田谷区池尻の教育大駒場（当時）のグランドの横にあった。警察、防衛庁、国鉄、日通、その他国家公務員の官舎が立ち並ぶ大団地のはずれだ。私たちの暮らした部屋は最上階の4階で、南向きのベランダから西の方を眺めると、晴れた日の朝には富士山がくっきりと見えた。

たぶん池尻の公務員住宅は、その当時のモデル住宅だったはずだ。私が生まれて3歳になるまで暮らしていた宿舎は、木造の平屋で5、6軒が長屋のようにつながっているやつだった。お風呂はなく、近くの風呂屋に行った。帰りに転んでおでこをざっくり切って血だらけになったこともある。今では想像もできないが、舗装されていない道には石ころがごろごろしていて、けっこう幼児には危険だった。私の額にはまだその痕が残っている。

父と母は、当時の日本が目指した理想の住居での暮らしを手にした。父にとって、そこはまだ下級官吏の住むところではあったけれど、十分に誇らしい舞台への入場ではなかったかと想像できる。なによりそこには、家の中に風呂があった。

僕んちに、お風呂がやってきた。

次に登場したのは冷蔵庫と洗濯機だ。そして金庫と電話がやってきた。まだ大多数が電話の引かれた家のお世話になって、呼び出しをお願いしては遠慮がちに電話を借りていた時代だ。ステレオとテレビはどちらが先か覚えていない。

小学校3年生の時には東京オリンピックが開催される。教育大駒場は、鬼の大松《だいまつ》監督ひきいる東洋の魔女、日紡貝塚《にちぼうかいづか》の練習場になっていたから、私たちはグラウンドの外周を巡らせてある金網フェンスの破れた穴を潜《くぐ》って体育館を覗きに行った。

カラーテレビは、既に僕んちにやってきていたろうか。

小学校は歩いて20分ほどの（世田谷）区立多聞《たもん》小学校で、24世帯ほど入っている1つのアパートから、6、7人の同級生が同じ小学校に通っていた。私のところは特別異常だったのではないかと今にして思えるのだが、同じ階段の1階の左側と3階の右側、そして4階の向かい側（左側）にも同じ1年生がいたから、4階の右側に住んでいた私とあわせて4人が一緒のクラスだった。立ち並ぶ他のアパートにも同世代の子はいるが、だいたい前後3、4棟が1つのコミュニティを形成していた。

私は一人っ子だったが、ベランダの右隣のうちには兄弟がいて、よくベランダの手すりを乗り越えては遊びに行った。下に住むのは同じクラスの同級生で、3年たってクラスが替わってしまうまで朝呼びに行っては一緒に学校に通った。

遊びは自分たちで創った

遊びは、なんといっても野球だった。

お兄ちゃんが多かったから、僕カズ君はいつもおミソだった。それでも時々バッターボックスに立って打たせてもらえることがある。隣の子がたまたま左利きだったから、僕もそれを真似するうちに気がついたら左バッターになっていた。

公務員住宅のアパートとアパートの間には、ブロックの塀で仕切られた公園がある。ブランコと鉄棒そして砂場があるだけの公園。大きな銀杏の木が砂場の横に立っていて、ダルマサンガコロンダやクチクスイライ（駆逐水雷）の陣地は、いつもこの大きな木だった。僕たちはよく、この公園の周りのブロック塀の上でドンジャンケンポンをして、如何に早く走って敵陣に攻め込めるかを競った。ときに足を滑らせて落ち際に、腿の内側を擦《す》って真っ赤に腫らしていたっけ。

公園は、僕らのディズニーランドだった。

違うのは一点。ベランダからみれば、その世界はいつでもあるということ。いつも僕らの日常の中にあったということだ。そして遊びは僕たちが創った。

僕らの世界は、次第にアスファルトに埋め尽くされていった。それでもまだ十分な魔界。怖いんだけど、ドキドキするんだけど、面白くてたまらない世界があった。

池尻住宅と学校のあいだに2つか3つ。

一つは僕らが騎兵山と呼んでいた丘陵だ。公務員のアパート群は池尻の丘の上に立っていたから、そこから三宿を横切る目黒川に架かる多聞寺橋に向かって南に降りていくには、この騎兵山の長い階段を降りることになる。すすきが茫々の荒れた原野風の丘に、木を打ちつけて作った階段がある。この階段の下り口にはやはり一本の大きな銀杏の木があって、お兄ちゃんたちはよくこの木に登って上の枝の間に陣地を作り、下からロープで登れるようにしてロビンフッドごっこをやっていた。いや、当時は忍者ごっこのノリだったかなあ。

この木の横には大きな石碑が立っていて、たぶん戦没者慰霊碑か何か記念碑の類だろう。それが騎兵山の名前の発祥であることは間違いなかった。

夏にはバッタ捕り、秋にはトンボ捕り、そして、親たちから行ってはいけないと禁じられていた荒れ地の丘の中腹にある防空壕跡への探検。勇気のある子がそこで蛇の赤ちゃんを見つけてバケツに捕って公園で見せてくれた。

冬に雪が降ると、この丘はワンパクたちの絶好のスロープになる。どこからか段ボールの箱を持ってきた子が、にわかゲレンデのスターになった。段ボールを下に敷いて滑ると100メートル近いダウンヒルのソリが楽しめる。

子ども世界を彩る人々

池尻住宅の横を走る道には、焼芋屋やチンドン屋が年中現れた。

正月にはもちろん、家々に獅子舞いも来たし、ゴムや洗濯鋏《ばさみ》を行商する押し売りも来た。紙芝居はもう廃れ始めていた。富山の薬売りのような大きな籠を背中一杯に担いで、新鮮な野菜を行商して歩くおばあさんの姿もあった。なかでも子供たちに人気だったのは、当時キャンペーン中のオリエンタルカレーの宣伝バスだ。

〝オ～～リエンタル、カレ～～～！〟というテーマソングが流れてくると、ベランダの手すりに子供たちの顔がズラリと揃う。我先に黄色く塗られたバスに駆けていくと、ガムを1枚もらえて、それからバスの中で映画が観られる。バスの中には8列くらい板張りの簡素なイスを並べてミニ映画館がしつらえてあり、たぶんディズニーやワーナーの初期の動物ものやアニメを見せてくれたのだと思う。15分くらいの交代制で、終わるとオリエンタルカレーの小さなサンプルと風船がもらえた。

もう一つ、謎めいた行商人が僕らの世界に出没した。

その人は、寅さんのように喋り方に特徴のあるおっさんで、団地にではなく小学校の裏門の横に時々現れた。〝かた屋のおっさん〟である。

かた屋というのは、当時人気の月光仮面や白馬童子、怪獣マリンコングや鉄人28号などのキャラクターの素焼きの雌型を持って来る人だ。僕たちはそれに土粘土をこねて押し、出来上がったキャラクターの粘土の像にいろんな色の粉をマッチの棒や綿で塗って、その出来映えを競う。この素焼きの型を借りて粘土を買い、いくつかのカラーパウダーを買って、子供たちはみな彫像造りに挑戦する。

出来上がるとおじさんの所に持って行って「これ何点?」と採点を聞く。するとおじさんが「30点!」とか、かなり投資した子には「70点!」とか、始めのサンやナナと最後のテンにかなり力を込める特有のイントネーションで採点して点数札を渡してくれる。この点数は航空会社のマイレージサービスの先取りで、現金化はできないが、次にまた遊ぶときには利用できる金券だ。採点には公平を期するための評価委員会などはないから、おじさんの独断と偏見で決まる。若くて綺麗なお母さんと来ている子が普段の3倍の点数をもらっても、誰も文句を言う子はいない。

1度だけ僕らの目の前で、学校の先生が営業許可がどうのこうのと叫んで、おじさんを追い払おうとしたことがあった。でも何せ僕らに圧倒的に人気のおじさんなのだから、止められるわけがない。おじさんはすごすごと片付けて立ち去るのかと思いきや、その辺りを一周する間に先生がいなくなったのを見計らうと、満場の拍手を浴びながらたちまち路上の彫像色塗りコンペティションを再開した。

力道山はもはや街頭テレビジョンの人ではなく茶の間の人だったし、「巨人、大鵬、卵焼き」が子供たちの三大好物だといわれた。僕は、卵焼きにはもう一つ馴染めなかった。でも3歳の時に買ってもらった野球のユニフォームには、まだお兄ちゃんたちとの野球ではたまにバッターに立たせてもらうだけのオミソだったにもかかわらず、当然3番の背番号が付いていた。

長島は、父たちにとっても夢だったのだと思う。

もう一つ、謎めいた空間。それは、三宿田んぼと呼ばれた田んぼの跡である。騎兵山を下って多聞寺橋を渡らずに右手に行くと集合住宅の裏手に開けていて、当時まだ四角い溜め池の跡も残っていた。騎兵山で誰かが大蛇にかまれたとか、三宿田んぼの沼で誰かが溺れ死んだとか、誰からともなくそういった噂話が伝わってくる。

確かに危ない場所だから、どこかの親がそう言って子を窘《たしな》めたのかもしれない。でも僕らにとっては、そのようなウワサこそが好奇心を満たし、胸が張り裂けそうになるほどの興奮を与えてくれる元気印の素だった。

暗くて怖〜いマジカルミステリースポットがなければ、僕らの世界は空虚なホワイトカラーになってしまう。子供たちの結界は、このようにいくつものブラックホールを内在して築かれる。

病院や歯医者の思い出

小学校の低学年では、まだお腹に回虫のいる子がいて、虫下しなどを飲んでいた。僕もある日ウンチをしていると、いつまでも切れない長いものがお尻の穴から垂れ下がり、母を呼んで引っぱってもらった経験がある。

肝油ドロップもおいしかった。多聞寺橋の横には駄菓子屋さんもあったから、5円のアンズや酢イカ、凍らせた10円のスモモ。それらを口を真っ赤にして食べながら、お兄ちゃんたちのベエゴマの戦いを観ていた。

食卓では、クジラの肉はよく食べたように思うが、牛肉は贅沢で滅多に食べなかった。とはいっても、僕の好き嫌いはけっこう激しく、ご飯しか食べない子だった。


さて、カラーテレビの次には何がわが家にやって来たろうか。

百科事典、児童文学全集、クラシックのレコード、足で動かしていたミシンに替わって電気のミシン。おっとこれはだいぶ先の話だったかもしれない。

僕にはアレルギー体質があったので、よく蛇崩《じゃくずれ》の三宿病院に通った。病院の勧めで自宅でする吸入器を父が買ってきて、薬をいれた蒸気を深く吸い込んで呼吸するようなこともやらされた。風邪を引くたんびに往診をしてくれた椎原《しいはら》医院の先生や看護婦さん、そして共済組合の関係の虎ノ門病院と、ここ三宿病院にはベッタリお世話になった。

1年生の時には目の検査でワイワイ騒いでいて説明を聞かず、片方の目にあてる黒いスプーンのようなものを左目に当ててふさぎ右目で見るのに、ふさいだ方のスプーンのまん中から何かみえるものだと勘違いして、すべて見えませんと答えた。「この子はほとんど目が見えない」という失明寸前の判定を受けて、母が慌てて連れてきたのも虎ノ門病院だ。結局この病院に来て初めてやり方を知った僕は、視力2・0以上でまったく問題なしと周囲を安心させる。もっともそれから3年ほど経ってから事故で左目の上に友人の振ったバットを受け、その影響か、小学校の高学年になるにしたがって次第に視力を失っていくのだが。

歯並びが悪いくせに妙に歯の根が深くて正常に乳歯が抜けず、10本近く歯医者に通って抜いたのは三宿病院だ。あのときのペンチやカナヅチの恐怖は残る。抜いた跡の消毒液と、かまされた綿ににじんだ血の錆びたような匂い。そんな金属的な味が、いまでも私の奥歯につながった脳細胞に焼き付いている。

家族でのレジャー、階段へのあこがれ

父の机は、いつの間にか僕が宿題をする机になった。

絵を習い、お習字を習い、オルガンを習い、そして3年か4年から近くの塾に通った。とは言っても、友達と3、4人だけの私塾でけっこうのんびり国語と算数だけを習っていた。

自転車は貯めたお小遣いで買った。初めてのカメラは母の妹のおばちゃんに買ってもらった。モーターショーは憧れで何度も連れて行ってもらったが、自動車は僕のうちには来なかった。

小学校6年生になって担任の先生の手伝いで、当時先進のオートマチック車に乗せてもらった。小学校の下駄箱の横にミニ水族館を作るために鎌倉の海へヒトデやウミウシを捕りに行ったのだ。助手席に乗ってかっこいいなと思った僕は、自分が運転するようになったら断然この車だなとその時は決めていた。

夏の旅行は毎年、鎌倉の七里ヶ浜の裁判所の保養施設だった。

幼稚園時代にはこの浜で波をかぶったのがきっかけで、水を怖がるようになってしまった。これは今でも後を引いている。

冬はどこへ行ったのだろう。特に記憶はない。まだスキーは一般的ではなかった。こたつに入りながら紅白歌合戦を観て、おモチとみかんを食べる。たまにチャルメラが鳴ると、父が今日はラーメンでも食べてみるかと夜鳴きラーメンを届けてもらう。そんな静かな夜更かしでも、僕には嬉しかった。

友達の家は大半が同じようなアパートだったが、公立の小学校にもお金持ちの子はいた。一方で薬屋の娘も、大工のせがれも、鉄工所の末っ子も、けっこうゴチャ混ぜの状態だった。僕のなかにはお金持ちはいいなあという印象はなかったが、1つだけ、一戸建ての家を訪れると羨ましくてしょうがないものがあった。それは僕を無条件に興奮させた。2階に通じる階段である。

団地で育った僕は、階段は外にあるものだと思っていた。それが家の中にある。僕は嫉妬した。階段のある家に住みたい。もっとも、それが実現するのは30年近く経ってからのことになる。

さて、私というサイボーグを製造した舞台装置の解説は、おおむねこれで十分ではないかと思う。

このように恵まれた環境で、典型的なホワイトカラーの家庭に十分な愛情をそそがれて僕は育った。生まれは昭和30年。翌昭和31年の経済白書では、もはや戦後は終わったと宣言され、ここからは経済がすべてを動かしていく。

僕は、いい子だった。

僕は、それでも何かに抗議していた。

なぜ「いじめ」をしてしまったのか？

小学4年生の時、1人の女の子を徹底的にいじめた。僕のアパートの北側の住宅に住むおとなしい子だった。なぜあんなにいじめたのか、よくわからない。掃除の時にバケツの水をかけたり、ありとあらゆる嫌がらせをやった。よく愛情の裏返しでいじめる行為に出る人間もいるらしいが、それとも違う。何かのはけ口として、スケープゴートにその子を選んでしまったのだ。もっとも弱そうなその子を。

中学1年生でもいじめをやった。それは今でもある集団での弱いものいじめだ。あいつ何か生意気じゃないか？　と誰かがつぶやく。おまえもそう思ってたのかよ。この前なんかさあ「能ある鷹は爪を隠す」なんてわけのわからないこと言ってたぜ、と誰かが反応する。もう一人この輪に加われば、それでゲームは始まってしまう。初めは冗談でプロレスの真似ごとから。「ヘッドロック！」とか言って、そのうち本当に痛がるのが面白くなってくる。人間のもつ残忍さがどんどんエスカレートする。休み時間にはよく人間プレスをやった。1人倒しておいた上に段々人が乗っかっていく際どい遊びだ。その最中、ふとした拍子に僕が一番下になり、何人も上に重なって乗っかられ意識を失う寸前で、教員が教室に入ってきたために命拾いをしたこともある。こういうときには、みんな悪気はそれほどない。しかし一瞬間違えば殺人や自殺につながる危険もあったのかもしれないと、自分の中学時代を思い返すとまったく背筋が寒くなる。

なんで人をいじめるのか。

その場で本人に聞いても答えられないのではないだろうか。私も、答えられなかったと思う。中学1年のケースでは、そいつをいじめることで、残酷なことにクラスの男子の大半が何となくまとまっていた気もする。

言葉を選ばず言えば、クラスをまとめるためのスケープゴートである。

あいつが生意気だ。俺たちと違う。何か普通じゃないらしいぞ。それを我れ先に発見して指をさし、みんなを巻き込んで攻撃する。攻撃する側にいちはやく巻き込まれていれば、少なくとも自分に攻撃は向かわない。首謀者は必ずしも特定できない。3人とか5人の仲間が寄った場に魔がさす時と空間があるのだ。

しかしそれでは、小学校の私の単独犯でのいじめごっこについて説明が付かない。

他の子に関してはわからないし、ここで一般論を展開する気はない。少なくとも私についていえば、もしかしたらそれは、私自身の〝いい子であること〟の重圧から来ているものかもしれなかった。

私は小学校の低学年までは、傍から見れば絵に描いたような「いい子」であったと思う。ところが4年生になって大きなクラス替えがあり、僕の世界は一転。いい子であり続けることの危機が訪れる。担任の先生はそれまでと違って男性になり、他のクラスから自分より少し大人っぽく見える奴らがやってきた。

僕の居場所は脅かされた。前と同じように保証されてはいなかった。中学に入って、さまざまな小学校から来た奴らと対面したときも怖かった。自分の居場所があるかどうか、怖かった。

私は人一倍、精神的に幼かったのではないだろうか。

勉強はできる方だったし、走るのも速かった。水泳は水が怖くて駄目だったが、手先は器用で要領がよかった。ちょっとピエロっぽいキャラクターをしていたから、いじめもやるような嫌な奴でも憎まれることはなかった。それでも、精神的には小学校の低学年のままだったのかもしれない。

いい子でありたい、いい子でありたいと自分をイメージしながら、段々と変化していく自分自身の心模様と環境の変化が与える恐怖とに、いつも自分の居場所があるかどうかと怯えている……そんな自分が見える。

自分に刷り込まれた呪文「早く、ちゃんと、いい子に」

私は、ここにいたって、私に刷り込まれた呪文について語らざるを得ない。

早くしなさい。ちゃんとしなさい。いい子にしなさい。

早くしなさい！　ちゃんとしなきゃだめよ！　いい子にするのよ！

「早くしなさいね」「ちゃんとして！」「いい子ねえ」

私に発せられた呪文の数々は、おおむねこの3つに収斂されている。

何も、父や母だけが言うのではない。おばあちゃんも言う。先生も言う。隣に住んでいるおばちゃんも言う。同じアパートのおねえちゃんも言う。社会が言う。時代が言う。そして、そうこうしているうちに、自分もその3倍くらいの頻度で自分自身に言い聞かせている。時代が投げかける呪文が一番強力だ。

家の中だけでなく学校でも「早くできて、ちゃんとやる、いい子」が賞賛される。「名犬ラッシー」や「ひょっこりひょうたん島」でも、皇室アルバムの皇太子のお子様たちを見ても、時代が求める人物像は明らかに「早く、ちゃんとできる、いい子」……つまり、高速で事務処理する能力に優れたホワイトカラーだ。

私はまったく、その時代のベルトコンベアに載っかって教育された〝サイボーグ〟だった。白い（ホワイトな）サイボーグだ。

受験戦争などと人は言うけれど、それさえも決しておぞましいとか嫌だとか思ったことはない。

高校2年の時、3年になってからのクラス分けがあるので、文系か理系か決めなければならなかった。周りの友人に聞くと「やっぱり男は建築だよ」などと言う。たまたま私の前に座っていて一緒にビートルズやビージーズをやるバンドを組んでいた親友は、どうやら2人とも父親が建築関係だった。「そんなものかなあ」などと、まるっきりキャリア意識などない私は、男ならという言葉に乗せられてまんまと数Ⅲが週に7コマもある最も先鋭的な理系クラスに入った。

ところがしょせん動機が不純だから、3年の夏前に始まった物理のエネルギー関係の公式と有機化学の分子結合がどうしても好きになれない。だから、夏休みが終わってから文系への転向を決意した。「CやOがどこにどう付こうと、人生に何の関係もないじゃないか」と思ってしまったのだと友人に語るのだが、そんなだいそれた理由ではない。単に自分が嫌いなものがはっきりしただけのことだ。

文転をして本格的に受験勉強を開始したのは3年生の秋から。数学と英語は得意で現代国語はまあまあだったから、受験科目として選択した世界史と地理は過去10年間の入試問題を1週間かけて自分なりに分析した。10年の間に度々出題されているところと一度も出ていないところ、その2つに絞りこんでヤマをかけ、それだけを集中して勉強した。

大学入試での成功体験

その後私が自分の勘と運に対して絶大な信頼を寄せることができるようになったのは、何を隠そう大学の入学試験がきっかけだ。

私が臨んだ入試では、まず数学の1問目が既にやったことのある問題だった。これはいわゆる難問で、私は代ゼミ（代々木ゼミナール）の先生から出題されたこの問題をなぜか気になって何度も復習していた。緊張の極致のはずの受験に臨んで、やったことのある問題が1問目に出るほどラッキーなことはない。私は思わず笑ってしまい、それを後回しにして最後の4問目から解いていった。実はあまりにも気分が落ち着きすぎて3問目の問題に時間をとられ、慌てて1問目の答えを書きあげる頃には残り時間がわずかになってしまう。結局第2問をのがしてかえってショックを受けるハプニングもあった。

さらに古文で出題されたその年の難問も、かつてZ会でやってケチョンケチョンに添削の先生に指摘されたものだった。「寝ぼけてるんじゃあないのか！」と激しい一言があったので覚えていたやつだ。

極め付けの地理では、会ったことのない見えない出題者は、ヤマを掛けていたアフリカ問題をしっかり出してきてくれた。第1問は、下の四角の枠の中にアフリカの地図（海岸線）を描き、赤道を記せという問題だった。タンザニアの開発に関する問題など、私はもはや1時間でもしゃべっていられるほどの知識をもっていた。

そんな風に私の受験は行われ、そして合格した。

またしても、早くできて、ちゃんとできた子は、「いい子」として入学を許された。

アウトサイダーでなく、インサイダーとしての強さ

学生運動は、私たちの上の世代の共通体験であり共同幻想であったと思う。団塊の世代と言われる人たちに共通する「アメリカ信仰」と「欠乏感」は私たちにはない。この2つは時として、アメリカンライフスタイルへの過剰なこだわりに結び付くけれど、私たちは彼らのうしろから豊かで自由になった時代を生きてきたから、ものに対するブランド信仰やライフスタイル信仰はない。また、ものの背後にある物語や知識に対する貪欲なまでのこだわりもない。そういうもので自分を表現する必要を感じていない世代だとも言える。

もう一つ、団塊の世代に共通する「体制への反逆意識」……これもない。

私たちの多くは母親に十分に愛されて育った。父親は不在だった家庭が多いかもしれないが、母親との関係は人間への信頼感の基盤になる。また、上の世代よりは兄弟の数が相対的に少ないため、手をかけて育てられたことも含めて、世の中を信頼する態度が刷り込まれているように思う。

だから、社会を批判するアウトサイダーとしては弱い。切り口鋭く切り込んでいけない弱さがある。

一方、インサイダーとしての強さはある。自分を開いていって意識を開放すること

が、自分の属する組織や社会を変えていく。そんな可能性を信じることができる。

社会革命という外からの破壊による方法ではなく、内からの意識革命として。相手を倒さなければならない二極対立の構図ではなく、自分の意識に相手を巻き込んでいく構図として。企業で働くサラリーマンが嫌なら脱サラで独立開業するさというスタイルよりは、企業の持てる力をフルに利用しながら自分自身のユニークさを追求していくスタイルを創り出すことによって。

私たちは、そういう「開いた意識」を持って生まれ、育まれた世代なのではないかと感ずることがある。

先生に守られた青山高校時代

学生運動の興奮も挫折も、私自身は身をもって経験できなかった。

しかし私が通った都立青山高校は、学生運動の火が大学から真っ先に飛び火した高校だ。後輩をオルグしようと連日押しかけてきた先輩たちや、それを阻止しようとした先生たちとのやり取りを通じて、何となく体制と反体制のありようを感じていた。

正直言って青山高校の先輩たちは少なくとも私の目には革命家の姿とは程遠く、スキをみて学校に入り込もうとしては逆に教育委員会から送り込まれたスゴ腕の先生に撃退されるという、何とも情けない存在だった。彼等は残念ながら、かっこ悪かった。

このドスの利いた丸坊主の先生こそ、偶然にも私のクラスの担任であり、かつ私が属したバスケット部のコーチでもあったから、私は自然、体育祭にも乱入してきたナントカ派の闘士たちを撃退する側に回ることになる。

この先生は麻布で16代続いた由緒正しい浄土真宗の寺の住職でもあった。のちのち学生の頃はパチンコ屋の戸を叩くだけで銭がはいるプロ級の腕だったとか、浄土真宗の住職たるものは〝飲む打つ買う〟の三拍子揃ってなければ資格がないんだとか、先生から直接聞いたわけでもないのに謎めいた物語が伝わってくる。実際1年生の正月に遊びに来いというので寺にお邪魔すると、おまえらどうせ飲むんだろ！と言って、酒もタバコも出てきた上にマージャン大会となったのには参った。

完全に先手をとられたわけで、上には上がいるとレベルの違いを初めに見せつけられれば後の関係は推して知るべしである。私たちとこの先生との間には、そんな事ごとを通して無言の親分子分関係ができていたから、教室にパチンコ台を持ち込んだ時も、アンプやドラムを持ち込んで放課後にバンドの練習をしても、授業を抜け出して明治公園で子供たちと野球に興じていても、一度も怒られたことはない。

そんな訳で、高校時代を通じても、私の中には世の中のシステムに対する疑問や批判精神はまだ湧いてこなかった。

むしろ初の紛争勃発校である青山高校の紛争直後という、学校側が生徒の反発に懲りて最も自由であった時代に私が3年間を過ごせたこと（この後再び屈指の受験校として受験指導が厳しくなり、校風も自由でなくなったように聞いた）。そして、この先生のような悪ガキの先をいく話のわかる大人に3年間を通して面倒をみてもらったこと。それが私をすっかりリラックスさせた。

酒も飲んだし羽目もはずしたが、悪役になりきるには力量が足りないと思い知らされた。だから総合評価としては、やはりおおむね、いい子であった。

呪文は、まだ私を縛っていられた。

早くビジネスというものがしたかった

大学時代は、当時としては全く普通の学生である。

5つのキーワードが私の生活を覆い尽くす。学園祭、アルバイト、海外旅行、車、スキー。

1年の間に教養科目の単位を全部とってしまっていたので、2年はアルバイトをして金を貯め、初の海外旅行で40日のヨーロッパフリー旅行をした。この旅行の最中、ローマのテルミニ駅で寝ているところを泥棒にあい、パスポートや現金のすべてを盗まれた事件もあったが、人生観を変えるほどのインパクトではなかった。

3年になって経済学部に通う。元々経済を受けたのは受験対策として狙いをつけたからに過ぎないから、経済がやりたいという志があった訳ではない。それどころか私は入学した直後、経済の勉強には「マル経（マルクス経済学）」と「近経（近代経済学）」の2つがあるのだということも知らず、クラスメートに笑われた。

3年の秋には卒業単位取得のメドがついたから、早く社会に入りたかった。自分の力を試したかったと言えばオシャレに聞こえるが、何でもいいから闘える対象を欲していたのかもしれない。大学では様々なイベントがありエピソードには事かかなかったけれど、全身全霊を傾けて集中している自分の姿はみられなかった。そろそろ次の受験勉強、つまりヤマを掛けたところだけを2カ月間集中して勉強し、まんまと勘が当たったときのあの感激が欲しかったのかもしれない。団塊の世代の人たちが燃えた〝学生運動〟の興奮が欲しかったのだとも言える。

だから私は3年の秋に就職活動をして、なんと4年の4月から1年繰り上げで入社できる会社を探していた。

初めは、少数精鋭のコンサルティング会社で揉まれたかった。というより、大企業で自分が埋もれてしまうのが怖かった。自分のことをまったく知らない人事部とかいうところが、勝手に自分のキャリアや運命をどうにでもできるというのが、たまらなく恐ろしかったのだ。

当時新卒を採用し始めた外資系コンサルティング会社のボストンコンサルティンググループの会社案内を貪るように読み、採用担当者のところに会いにいった。

「いやあ、やっぱり卒業してからじゃないとねえ。来年ぜひいらっしゃいよ」

と、当然繰り上げ入社は認めてくれない。第一勧銀（第一勧業銀行、現みずほ銀行）と伊藤忠が作ったばかりのシンクタンクにも電話をしたが、「３年なんですが」と言うと、「来年応募してきてください」とすげなく電話を切られた。

ここでもまた「早くしなさい」の呪文が効いている。早く会社というところで働きたい。早く本当の仕事というものがしてみたい。早く、大学の経営の授業で出たことがホントかどうかやってみたい。

私はまたしても行き急ぎ、また生き急いでいた。

なぜリクルートだったのか

翌年に単位の取得が確実になると、長期の海外遊学の資金を貯めながら、カイシャとシゴトというものの擬似体験をするためのアルバイト探しに精を出した。2月に舞い込んできたリクルート社からのアルバイト募集のハガキは、そんな私の早くしたい願望を捉えた。

結果的にはこの会社での2カ月の長期アルバイトがきっかけで、私はR社に入社することになる。しかし入社動機を問われれば、当時100億円台の年商で従業員も数百名であったこの会社が、成長する予感がしたからとか、情報産業としての先を読んだからというような優等生的な答えはとてもできない。

正直言って、大学で経済学部にたまたま入ったのと同様に、「入りましょう」と言った時点で私はまだこの会社の業務内容や財務内容をよく知らなかったことを白状しなければならない。前年度の決算が初の減益決算であったことも、入社を決めてから初めて知った。

ならばなぜ、R社に決めたのか。

社風がよかった。先輩も上司も部長も私が読んでいた経済小説によく出てくる権威主義タイプの人とは違い、オープンで風通しがいい感じだった。採用担当の人が熱心でビジネスマンとしても尊敬できた。社員たちもみな元気で明るく、こんな人たちとなら働けるなと思った。

それらはみなYESではあるが、十分条件の一部ではなかったか。

社長の印象が強烈だった。この人にならついて行ってもいいかなと思った……これはNOである。当時の江副さんは学生の目にも線が細く、後にR社を急成長させる起業家としての強烈な印象はなかった。ただ、教育には興味がありますと言った私に即座に「それなら人事教育事業の部門採用でもいいよ」と迫った即断力には、採用を自分で真剣にやる人の姿をみた。寝ているような取締役もいたから余計、その眼差しだけは印象に残った。

仕事のテーマとして、人材の採用や教育を手がけたかった……これもNOである。事業のスケール感と幅の広さが魅力だった……同じくNOだ。

当時のR社は今日のような幅の広い事業はやっていなかったし、潰れるかもしれない会社だと正直思った。

ではなぜ？　何が私にとっての必要条件だったのか。

私は、はずしてみたかったんだと思う。

大学に戻って、ゼミの教授に「R社に決めました」と報告すると、即座に秘書の女性にも先生にも笑われた。クラスの仲間たちの就職先は、通産省に5人、興銀（日本興業銀行、現みずほ銀行）2人、日銀、三菱商事、新日鉄、NTT、東京海上、日本生命……てな具合であった。弁護士になるために司法試験の勉強を続けるものと故郷に帰って教師になるもの、それに大学に残るものが若干名。中小企業に入るものは、親が企業を経営している2代目を含めて皆無だった。

就職については父に相談したことはない。たまに一緒の夕食時に父は「官庁も、おまえが考えているよりいいぞ」などとつぶやくことがあった。でも私は明らかに、そのグレーなメジャー感から逃れたかったのだ。

だから父にその言葉をいわれると、途端に機嫌が悪くなる。「うるさい！　黙ってろよ。オレのことなんだから」と吠えて、自分の部屋に消えるのが常だった。

ちゃんとしている世界からの逃走

受験勉強や学生運動に代わる興奮を強く求めながら、ちゃんとしている世界からできるだけ遠くに行きたかった。

ちゃんとする世界は私にとって、いつも父親が代表していた。父は超のつく真面目人間に見えていた。私自身も逆らえず十分に真面目だったと思うが、真面目な私はいつも、真面目な私から逃れたい衝動を隠しようもなく持っていた。

母はそれに対して、早くしなさいの象徴であったかもしれない。手先が器用で機敏であったから、なんでもやることが早かった。早いことはそのまま美徳であるように感じられた。

そして時代は「いい子」を欲していた。親から聞いた繰り返しの呪文のほかにも、日本の教育システムは、あらゆる手管を総動員して「いい子」を大量生産しようとした。私は明らかに、その波に乗って闘い、勝ち上がってきた、成り上がりの「いい子」だったのだ。

自分が会社を選択する段になったとき、私は初めて、その生産ラインから逃れようとした。

ところがこの選択は、自分で選択しているようで、実は選択させられた範囲の中での自由でしかなかった。それは何年も経った後からしかわからないよう巧妙なオブラートに包まれていた。つまり私は、初めから官庁であれ大企業であれ中小企業であれ、ホワイトカラーになることを前提にキャリア選択をしてしまっていることに何の不自然さも感じなかったのだ。まったく自然に組織で働きたいと思った。それには、なんの疑いもなかった。

だから主流から外れたはずの当時のR社という舞台においても、またしても「早くしなさい」「ちゃんとしなさい」「いい子にしなさい」を続々と実行してしまう。

私は最強のホワイトカラーとして製造され、さらに企業のシステムによって鍛えられていく。**企業社会においてももちろん「早く、ちゃんと、いい子に」の三拍子のワルツは奏でられる。**むしろ強烈な評価と賞賛の体系によって、家族のような他の社会単位とは比べようもないほどそのリズムは強く刻まれる。

ここでも私は、8年ほど疑いのないサイボーグマシーンでいることができた。やらマシーンでいることは心地よく、またその間は出世も早く収入も跳ね上がる。やらされ感はかけらもない。十分に充実していたし、それが自分の人生だと信じていた。必要な通過儀礼だったのだと思う。

今考えてみれば、私にとって20代とは、受験や学生運動という類のゲームを他のゲームに置き換えて、営業ゲームや調査ゲーム、新規事業探しゲームや社長の側近ゲームに勤しんでいた時期だったと言える。もちろんこの間に創り上げた人と人との絆こそ、現在にも通じる私の最大の資産なのではあるが。

自分で人生のリズムを刻むために

サイボーグが人として目覚めるきっかけとなったのは、30歳にして心身症の一種であるメニエルという病気にかかったことである。

そうして初めて私は「早く、ちゃんと、いい子に」のワルツのリズムから逃れようとした。しかし実際には、私がその呪縛から逃れて自分自身のリズムを刻み始めるまでには、それからさらに10年の歳月がかかってしまったのだが。

「早く、ちゃんと、いい子に」の呪文は、人間のもつ固有のリズムを成型してしまうパワーを持っている。一人一人の人間がそれぞれに持つ固有の波長と振幅と周波数が、世の中にとって使いやすいように成型されるのだ。とりわけ子供の頃のまだ柔らかい意識は、大人の無意識の呪文による影響を受けやすい。

そうなると私たちは、一方的に世の中に処されてしまう危険をはらむ。本来「世」を「処」すべきは、主人公たる私たちのはずなのに。

「早くしなさい」はその子の固有の波長を矯正し、速いリズムでものを考えたり行動したり結果を出したりすることを強制する。

「ちゃんとしなさい」は、その子の固有の振幅に働きかけ、振れ幅が大きかったり不規則だったりする子の行動を一定の許容範囲に抑えこんでしまう。「いい子にしなさい」や「いい子ねえ」のほめ言葉は、その子の固有の周波数に影響し、他人の目から見た正しさを価値とすることを教え人生への態度を整える。

私は、そのように製造されたサイボーグだ。少なくとも20代までの私は、20世紀後半の日本が作り出した、最強の「白いサイボーグ」だった。

だから私は自分の子供には、このような呪文をできるだけかけないようにしようと思った。

自分自身のもてる福分(自分の分に合った福)を素直に表現できる人間になるように。余計な呪縛と抗いながら、自分の人生の主人公であることを放ってしまうマシーンとなることのないように。

子供たちに対して、「早くしなさい」と言わない。それから、「ちゃんとしなさい」と言わない。「いい子にしなさい」とも言わない。

「早く、ちゃんと、いい子に」のワルツを奏でない。

私は自分に、何度も何度も言い聞かせる。

それが同時に、私自身がマシーンに舞い戻ってしまうことを防ぎ、この呪縛から解かれるためのおまじないにもなるだろうから。

終章　義理の父への「弔辞」

この章を義父、故西満正《にしみつまさ》医学博士に捧げます。

第1場　焼き場にて

「おじいちゃん、どおして、焼いちゃうの？」

4歳の次男に尋ねられて、私は正直言って一瞬言葉を失いました。

どうして死んだ人間の体を焼かねばならないのか？

先生、あなたは半世紀近くにわたって医者でいらっしゃったから、この幼児の問いかけに対して私よりもちゃんと答えられたかもしれませんね。

ボイラーの扉がしっかりと閉められてから、次男の手を引いて親族の控え室に歩く道すがら、私としてもいささか無理があるかなあと思われる説明を試みました。

「おじいちゃんは天国に行っちゃったでしょう。天国でおやすみしてるでしょう。今日、遊んでくれてありがとうってバイバイしたよねぇ」

次男はエスカレータの乗り口に向かって、真っ直ぐに前を見て頷《うなず》いています。

「おじいちゃんの体がここに残ってると、天国で朝起きたときに、あれっ、あそこにもまだワシの体があるぞって、間違って戻ってきちゃったりするでしょ。せっかく、いっぱいお仕事して、天国でおやすみしてるのに」

手をつなぎながらエスカレータに乗っているあいだ終始前を向いたまま、まだ幼稚園の年中組の次男は、私のつたない説明をせいいっぱい自分の言葉で理解しようとしているふうでした。そしてエスカレータを2度乗り継いで3階にある控え室に入る直前、ようやく納得したように私に向かって言いました。

「あっ、おじいちゃん、ふたつあったら、あれっ、どれかなって困っちゃうもんね」

おとうさん、私にとってあなたは義理の父なのですから、こう呼びかけるのが慣例かもしれません。

でも私は、生前もあなたを「おとうさん」と呼ぶことはできませんでした。本音では照れていたのかもしれませんが、私はいつも「せんせい」と呼びかけていました。胃癌の手術に対して独自の方法をあみだしたあなたへの尊敬の念を込めて、やっぱり亡くなった後も「せんせい」と呼ばせて下さい。

もっとも私があなたの偉大な業績について知ったのは、朝日新聞にあなたの死亡記事が出て、癌治療の世界では「西式《にし》の手術と呼ばれる」とあったのを通夜の晩におかあさんに聞いたからです。「西式っていうのは、どんな技術のことをいうんですか?」と尋ねた私に、あなたの妻は腰の辺りに手をやってから、ちょっとだけ背筋を伸ばして答えてくれました。一瞬、目に力がこもったように感じました。

なんでも、体の線に真っ直ぐに上から下へ切るのではなく、斜めに切ることで術後の回復を早め、食事をとりやすくする工夫のようですね。そして義理の母は、その際一緒に特定のリンパ節を取り除くことで、のちの転移をくい止めることも、あなたが提唱して日本中に広めていったのだと語ってくれました。

こんなことも知らないで、あなたと語り合っていた義理の息子の不勉強をお許しいただけるでしょうか。でも、このことは、あなたの娘である私の妻も知らなかったことのようです。

しばらくすると係の方から待合い室に声がかかり、私たちは再びあの銀行の大金庫のようなボイラーの金属扉の前に集められました。

蟬がまた、鳴き始めています。

私は一瞬、さっき次男の手を引いてここを立ち去る直前に、学校の先生をしているあなたの長女が次男に向かって投げかけた言葉を思い出していました。

「ここにきて聞いてごらん。……ボーッて、おじいちゃんを焼いてる音がするの。ボーーッて」

家族にとって一番残酷なシーンは、一体どの場面だと思われますか。一番観たくないのはどれですか。数多くの患者さんの死を病院で看取ってきたあなたなら、どう答えるでしょう。

検査の結果を告げられた時の茫然自失の痛々しさですか。入院して再度手術をするかどうかの葛藤ですか。骨髄注射をされたりカテーテルをつけられたりしているときの苦渋の表情ですか。ウイルスによる発熱で苦しむ姿ですか。死にゆく最後の局面に「死にたくない!」とつぶやく命の叫びですか。

最後の、一瞬の、臨終の……そのときですか。死に化粧を終え、お棺に入った姿で本当にもう戻ってこないのだと納得させられるときですか。そのお棺がボイラーの中に消えてしまうことですか。

それとも、ボイラーの中から、最愛の人が骨となって戻ってくる瞬間でしょうか。

幼児がどう反応するかすこし心配でしたが、子供の勉強机くらいの大きさのステンレスの上に係のおじさんが、ザッと、まだ湯気の立つようなあなたの骨をあけたとき、次男は身を乗り出してそれを見つめていました。

それから、涙をいっぱいに浮かべながら骨を拾うお母さんから箸を受け取って、私と一緒にあなたの一番太い骨を拾い、静かに骨壺に納めました。あなたの写真はそのあいだじゅうボイラーの扉の横で微笑んでいましたから、まるで上手だったねえと言って誉めてくれているようでした。

骨を拾う係のおじさんは多くの死者のを見慣れているから、焼け残った骨の状態を見ただけで、いろんなことがわかるようです。

「ずいぶん骨太のしっかりした人だったんだねえ。おいくつだったの？　えっ？　73？　ほら、これじゃ壺に入りきらないもんねえ。50代か、60代ってとこかなあ。50代って言ってもわかんないくらいだよ」

あなたの妻も息子も、娘たちも、今さらながら勇気づけられるように、大きく頷いていました。

鹿児島生まれのあなたの体軀《たいく》は、去年の暮れぐらいから病院への入退院を繰り返すようになるまで、西郷さんのように立派でした。薩摩の方言丸だしで「どうですかぁあ？」と大きな手のひらをこちらに向けて近づいてくる姿が、ついさっき拾ったあなたの太い大腿骨と重なります。

お棺に入りきらないような長身の若者でも、焼いて残った骨は、食生活の違いのせいか、ほんとにわずかだったりするのだそうです。私には一瞬、これが、もし自分の息子の小さな小さな骨だったらというイメージが頭をよぎりました。

「このピンク色の綺麗なのが喉仏ですよ。ほら、しっかり見といて下さいね。人が手を合わせてお祈りしてるときの恰好みたいでしょう。仏さんをお祈りしてるみたい」

そして、おじさんは、あなたの両方の耳の穴、顎《あご》の骨、頭蓋骨と、初めによけておいた形の良い骨をひとつひとつ説明しながら、骨壺の一番上に丁寧に載せていきました。

みんなが合掌して壺の蓋《ふた》を閉めるころには、もう泣いている人はいませんでした。

また、蝉が声を高くしたようです。

臨終から始まって、病院の霊安室でのお別れのとき……通夜、告別式、棺桶の蓋を閉めていざ出棺の挨拶、さらに焼き場に来てからの肉体を持ったあなたとの窓越しの最後のお別れ、骨拾い、そして納骨。

葬送のいちいちの手続きは、あなたが亡くなったという事実を、残された家族が、何度も何度も自分に言い聞かせる場なのでしょう。あきらめきれないものを、あきらめるまで自分に言い聞かせる儀式。そうしてあなたは少しずつ遠ざかり、あの大きな右の手のひらを挙げて、ふり返っては微笑みながら、さよならをしてくれているようです。

そしていま、壺が閉じられた瞬間、もう振り返ることのないあなたが、お気に入りの茶色の鳥打ち帽をかぶりなおして、杖を突きながら、一歩踏み出す姿を見た覚えがします。

膝を悪くして少し足をひき気味の義理の母が、あなたの写真をしっかりと胸に抱いて、車の方に向かいます。義理の兄が骨壺の箱をいだきます。ふだんから無宗教を標榜していたあなたには戒名の刻まれた位牌は似合わないから、お経をあげるお坊さんもここにはおりません。

ただ蟬が鳴いているだけ。

焼き場での儀式が終わってほっとしたのか、放心したように無表情で車に乗り込む義理の母をみて、私は告別式のことを思い返していました。

喪主としての挨拶では、あなたの若い頃からの真摯な医学への思いや、鹿児島大学の教授としての頑張り、癌研の院長になってからも土日といわず患者さんのベッドをまわって声をかけるのを日課にしていた1人の医者としての姿を語りました。

「どうですかぁあ?」と最後の「ぁあ」を長引かせる薩摩訛りの独特のイントネーションを真似ようとした母は、その響きに織りなされた夫婦の歴史のかけらがいっぺんに押し寄せてきたかのように、一瞬声をふるわせました。

でも、またしっかりと先を続けた。

遠来の弔問客との応対もてきぱきとこなし、終始気丈であるかのようにみえた母は、いよいよ最後のお別れとして棺桶の蓋を開き、捧げられた百合の花をあなたのまわりに一杯にする場面で、ひとりの妻の姿となりました。

だれかお友達が持ってきてくれたのでしょう。あなたが好きだったシャンペンを白いハンカチに湿らせて唇のあたりに持っていくと、なんどもなんどもそれを繰り返しながらお棺の中のあなたに話しかけました。

「あなた、あなた、病気が治ったら思いっきり飲みたいって言ってたシャンペンよ」

私は次男を抱っこして花を手向けさせてから、お棺の隅にちょこっと置いてある、封が開けられたハイライトの箱をぼうっと視界に入れて黙っていました。蓋が閉められる直前、「おじいちゃんにバイバイしようねえ。ありがとうってね」。そう言うのがやっとだった。

エアコンの風が、祭壇に残された百合の花を揺らしています。

焼き場からの帰り道、バスの中で次男がポツッとつぶやきました。

「おじいちゃん、かわいそうだったねえ。火で焼いて、なくなっちゃってねえ」

第2場　病室にて

暮れから4度ほど、入退院をくり返したでしょうか。

私はその度に、お見舞いの品も持たずにぶらっと病室に寄ることがありました。お義母さんや娘たちが頻繁に訪れて身の回りのお世話をしていたようですが、私が仕事の合間に顔を出すときには、なぜかいつも1人だったので、「やぁあ」とベッドの上で右手を挙げて迎えてくれるあなたとゆっくり話すことができました。

先生はそんなときいつでも、「ニッポンはどうなんですか？」と、国の行く末を憂う質問を私に投げかけました。

国のために、故郷鹿児島のために、家族や兄弟のために、自らに鞭打って生きてこられた大正生まれの父たちの世代に共通する感覚なのかもしれません。

そんなことより先生自身の体の方が数倍大事なんじゃあないですかと思いながらも、私は精いっぱい生意気に「5年はダメなんじゃあないでしょうか」などと、政治論、経済論を語りました。

「リーダーにビジョンがないから、みんなこの国の未来の姿を思い描くことができないんです。そうすると不安になるでしょう。だから、いくら減税したところで、また貯金や保険にまわっちゃう。そうでなければ、未来に望みを持ってもしょうがないってことで、その日その日を享楽的に生きるような使い方、パチンコや競馬や宝くじや、ドラッグ代わりのやけ酒にまわる。いずれにしろ経済を再び回転させるような投資には、意識が向かないんです。

相変わらず資本主義で行くのなら、なにか、次はこうなるっていう共同幻想が必要なんですよ。その新しい共同幻想に対して、みんな投資するんですから」

あなたはひとつひとつの話に大きく頷いて、「そうですかぁ。でも、それで若い人たちはどうなんですかぁあ?」と、私の目を真っ直ぐに見てさらに聞いてきます。

「国や企業におおきくブレーキがかかってますから、ひとりひとりの人間にはチャンスかもしれないんですね。戦後50年間の呪縛が解けて、日本にも、やっと自立した個人が現れる、そんな過渡期のような気がします。若い人たちが髪を茶色に染めたり、男の子がピアスをしたりするのも、今まで突っ走ってきた産業主義や組織制度に組み込まれた日本人という呪縛を踏み越えようとする、精いっぱいの抵抗のようにも見えるんです」

「ほうっ」と言って、あなたは窓の外に視線を移し、すこしだけ起こしてあるベッドの背に再び身を横たえて静かに目を閉じました。

3度目の入院のときには、久々に訪れた私に、あなたは珍しく自分のこれからの希望を語りました。

「もうちょっと病状が安定したらねえ、田舎にひっこもりたいっていう気もするんですよ。緑豊かな桃源郷のようなところにね。僕は、樹が好きでしょう。山とね、森とね。鹿児島の家もあるでしょう。どうしようかなって。処分しちゃうか、それとも東京を引き払っちゃうか。でも、まだやり残してる仕事もあるしね。癌研の方はもういいんだけど、いろんな会長とかなんとかがね、まだしばらくかたずかないかもしれないから……」

「心臓だからねえ、もう長くないかもしれない。あと2年か3年か……まず孫の顔もみないとねえ。今年の12月頃かなあ」

先生、私は病院の主治医が、心臓での入院の場合、ほとんどのケースで3度目の入院は帰れないのだとおっしゃっているのを知っていました。去年の暮れの緊急入院騒ぎの時には、パーティーで飲み過ぎたのがキッカケだったんでしょう? 主治医の先生から、3回目には死にますよと、そうとう脅かされたみたいですね。

「そうはいってもねえ、わかるでしょう。同じテーブルにドイツや韓国からおいでになったお客様がいたらさあ、やっぱりいただかないわけにはいかないじゃない。ダメダメって子どもみたいに言われたってねえ、無理だよねえ」

そんな無邪気なことを言う先生の様子は、4年前、ロンドン滞在中の私たちの家に1日だけ泊まっていた時のエピソードを想い起こさせます。

日本の末期医療《ホスピス》視察団の団長として、ドイツからイギリスと廻ってこられた先生は、いい加減レストランでの西洋料理やホテル飯は食い飽きたと、逃げるようにロンドン郊外にある私たちの家を訪ねてくれたのです。

ヤオハンで急遽仕入れた日本食の材料を妻が簡単に料理して出すと、「やっぱり日本人は日本食じゃなくっちゃ元気がでないよ」と、おいしそうにたいらげます。食卓の横には、初めてお目通りする次男が眠っています。まだ2カ月の赤ちゃんの頃でした。あなたは食事の箸をおくと、思いたったように席を立ち、2階に上がっていきました。

私は初め、なにか食後の薬でも取りに行ったのかなあと思っていたのですが、30分たっても戻ってこないので、2階に様子を見に行きました。

すると、真っ暗にしたベッドルームの窓際の片隅で、あなたはうずくまるようにしてタバコを吸っているではないですか。このころすでに日常的に不整脈があり、発作が起こったときのためにニトロを持ち歩いていたあなたは、主治医からもあなたの妻からもタバコを禁じられていたはずでした。

当然末娘である私の妻もそれを知っているので、あなたは娘に見つからないように、窓から煙を逃がすようにして食後の一服をしていたわけです。

私の気配に気づいたあなたは、まるでトイレでタバコを吸っているのを先生に見つかった高校生のように、ちょっと慌ててそれを隠し、照れ笑いを浮かべていました。

もし、もうわずかしか命がないのなら、先生が行きたいところに行かせてあげたらどうかなあ。死にたいところで死なせてあげられないのかなあ。

おぼろげに私はそんなことを考えていました。不謹慎だったかもしれません。

もし、本当に鹿児島の家で最後の時を過ごしたいのなら、車椅子かストレッチャーに乗せたままでも、あなたが自ら設計して庭に多くの木々を植えたあの家に帰してあげたらどうなんだろう。鳥が翼を広げた恰好をしているので、近所の人には鳥御殿とも呼ばれている個性溢れる薩摩の家。

初めて妻と訪れたとき、あなたが玄関にチャイムの代わりにぶら下げた鳥かごくらいの大きさの鐘を一緒にたたきました。その鐘の音が、まわりを覆った竹藪にわずかにこだまして、なぜか懐かしかった。今ならまだ、改築して介護や看護をしやすくすれば、医者にはたまに来てもらうだけで、自然に囲まれた人生の最後が演出できるのではないか？

私はその日家に帰ってから、妻に、お兄さんはアメリカ留学中でなかなか判断しにくいだろうから、母と娘で語らって、お父さんが本当にしたい暮らしを最後にさせてあげたらいいんじゃないかと話しました。

「鹿児島はねえ。父もすごく気持ちはあるんだけど、病気の治療のこと考えるとねえ、今の病院が一番いいと思ってるようなのよ」

「それじゃあ、たとえば東京の真ん中にだって椿山荘があるでしょう。いつかお父さんとも蛍狩りに行ったじゃない。あそこのフォーシーズンズ・ホテルに部屋とってね、心配だったら、看護婦さんについてもらえばいいじゃない。1週間でも、あの庭散歩していれば、かえって元気がでるかもしれないよ。今の病院からも近いんだし。そういやもうそろそろ、蛍の夕べがはじまるんじゃないかな」

3度目の退院をしていったん自宅に戻ったものの、そんな生き方にまつわることどもをじっくり考える余裕もなくなって、4度目の入院は、我が家の玄関の横にある百日紅《さるすべり》の花が咲き始める頃でした。

今回は何があっても不思議はないとのことで、ちょうど夏休み中の義理の兄も帰国してあなたの病室に詰めています。妊娠5カ月の身重の奥さんも一緒に帰国してあなたを見舞ってから、いったん実家に帰ることになりました。私の妻と義理の姉とが、お義母《かあ》さんとシフトを組んで日常のお世話をします。

7月のお盆の週だったでしょうか、いつものように妻が病院に詰めている日曜日、私は思い立って、上野の寺に3人の子を連れて墓参りをすることにしました。

そこには私の父方の藤原家の墓と、母方の狩野家の墓が両方あるのです。

子供たちには、先祖を敬うということを通じて、自然に自分や家族を超えた大きな存在に対して感謝と畏《おそ》れの気持ちを育んでおきたい。だから線香をあげてから、ひとりひとり柄杓《ひしゃく》でお墓に水をかけさせます。そして手を合わせて、「いつもありがとうございます」と、お祈りさせるようにしているのです。

この日はそのあと、3人を上野動物園に連れてゆき、閉園まで遊ばせてからタクシーで病院に向かいました。

長男は私の父が膿瘍《のうよう》で脳外科に入院していたのを見舞ったことがありますが、4歳の次男と2歳の長女にとっては病室を訪ねるのは初めてのこと。

やはり想像通り、あなたは、前回2人で日本経済や桃源郷や鹿児島の話をしたときよりも、一層げっそり顔がやつれていました。

でも孫たちがお見舞いに来たのが突然のことだったので、幾分苦しそうな息づかいはしていたものの、あなたは起きあがってひとりひとりに話しかけてくれました。

長男はつい2、3カ月前、あなたが1度目の入院を終えて退院した後に私の家を訪ねてきたとき、一緒に散歩をして公園でサッカーの相手をしてくれたんだと言っていましたから、あまりの変わりように一番戸惑っていたかもしれません。はじめにおじいちゃんに寄っていって握手をしたのはいいものの、「あんまり勉強しなくていいかな」とあなたに言われてから一言もなく、あとずさりしてソファに座って黙ったままです。

次男はまだ状況が分からないのでしょう、静かにしなさいと言う妻の言うことも聞かずに終始おどけて走り回っています。

長女は妻の膝に抱かれたまま、「おじいちゃんの手、撫でてあげてね」という言葉に素直に頷いて、ずっとあなたの手の甲を小さな手で撫でています。

先生、失礼かもしれませんが、私は子供たちに、かつて元気だった人が老いてだんだんと弱り、病気になり、やがて死んでいく人間界の道理を、しっかりと見せてやりたいとも考えていました。

やがて私や妻もそうなる運命にあるわけですから、学んでおいて欲しいのです。

本当は今日、調子さえ良ければ、どうしてもあなたを車椅子に乗せて椿山荘の蛍を観に連れていってあげたかった。緑色に点滅する何千という蛍の群れ。その点滅が奏でる音楽をあなたと一緒に聞きながら、子供たちの魂にも幽玄《ゆうげん》という言葉の意味を、おじいちゃんの想い出とともに刻み込んでやりたい。

でも、もう、それはできない。

私は、あなたが癌研の院長であった当時、生か死かの病で気落ちしがちな患者さんを少しでも勇気づけようと、クリスマスに讃美歌を歌いながら病棟を巡り歩いたことを知っています。

若いお医者さんがサンタクロースの衣装を着て登場し、そのあとを看護婦さんの聖歌隊を引き連れたあなたがオペラで鍛えた喉で「きーよしーぃ、こーのよーるーぅ」と大声を張り上げて歌います。看護婦さんたちが捧げ持つロウソクの火が、ベッドに横たわる患者さんたちの微笑みを、あなたが一人一人に呼びかける後ろ姿とともに、ぼうっと映し出してくれています。

私は、それじゃあ、椿山荘の庭で蛍を何匹か捕まえてきて、この病室に放ったらどんなだろうとも考えました。

1匹の蛍が、夜中に目覚めたあなたを微笑ませるかもしれないから。

第3場　集中治療室にて

病状が急変したのは、7月も半ばを過ぎてからのことです。

「父が集中治療室に入ったって！」妻は幾分緊張してそう言いながら、電話を置きました。

それでも、一時はもう2、3日しかもたないかもしれないと言われたあなたは、翌日になって持ち直し、家族の希望をつなぎました。だから1週間ほどして私は、妻とともに集中治療室のあなたを見舞うことができたのです。

感染を避けるための白い室内着にマスクをして現れた私を、ベッド上のあなたは身を乗り出すように凝視しています。ずっとつきっきりで看病していた義理の兄を休ませてあげようと妻たちが申し合わせて昨日から家に帰ってもらっていたので、私のことをはじめ自分の長男と勘違いしたのかもしれません。

あなたはもう何本もの管につながれていて、苦しそうに2種類の酸素マスクをあてながら、それでも娘たちにして欲しいことを指示していました。

胃の中の出血を止めるために、看護婦さんが管に白い薬を流し込みます。しばらくすると、その薬で気持ちが悪くなるのでしょう、吐きたいから体を起こせと言ってあなたは無理矢理身を起こします。それでももう吐くものはありません。私が去年、講習に通ってヘルパー2級の資格を取った知識もこういう現実の前ではまったく役立ちそうもありません。かろうじて、どうしても下の方にずれてしまうあなたの体を、両方の脇の下に腕を回してずり上げてあげるのがやっとでした。

あなたはしきりに足下に置かれた血中酸素の濃度計の数値を気にしています。窓際に置かれた心臓のパルスを示すメータと濃度計を交互に見つめ続けるあなたを見て、自分が重病の患者でありながら、同時にまた、最後までその患者を診る一人の医師でもあろうとするあなたの性《さが》を見た気がしました。

「ノート、ノート！」と、なかば喘《あえ》ぎながら、あなたが妻に指示します。

今から言うことをノートに取れという意味のようです。妻はときどき言葉が切れて聞き取りにくいのを何度も確認しながらそれを書き取り、もう一度ゆっくりと読み上げました。

「もうどうなってもいい。……排尿の痛み、排便の痛みに注意。強い薬ほど慎重に。……これでいいの？」

あなたはその間も血中の酸素濃度を計るメータを凝視しています。その目の鋭さは、とても集中治療室に入った患者のものとは思われず、むしろ胃癌手術に臨んで一番大事な部分を切除するときの光が宿っているようです。

メータがほとんど異常なしを示す100%を示していたにもかかわらず、あなたはしきりにそれを疑っていました。100ならば、酸素マスクをつけているのにこんなに苦しいはずがないと思われたのでしょう。妻たちも「パパ、100よ、だいじょうぶよ」と、訳も分からず励ますしかありません。

ところが、後になって分かったのですが、あまり先生が疑われるので看護婦さんが根負けして足から採った血液の酸素濃度を改めて計ってみると、あなたの指摘通り、60%程度のレベルだったと聞きました。ときにはメータが信用できないことを、先生は経験的に知っていたのですね。

帰り際、あなたは何度も義理の兄は「まだか？　まだ来ないのか？」と尋ねられました。

医者の長男として、医者として、ベテランの先生にとってはまだまだ新米の研修生《トレーニー》として、あなたは自分の状態を息子に見守らせたかったのでしょう。

次に私がお会いしたのは、あなたが亡くなる日の午後のことです。私が妻とともに集中治療室を見舞ってからすぐに、あなたはもう酸素マスクでは苦しいので、挿管して人工呼吸器に切り替えることを受諾したと聞きました。パイプを口から喉に突っ込んで酸素を強制的に送り込む方法です。

そのまま突っ込むことはできないので、麻酔をかけて意識のレベルを落とし眠ったような状態にしてから挿管します。人工呼吸器は1週間が限度といわれているので、その間に体の状態が前より良くなれば、再び目覚めたときに自力で呼吸ができるかもしれない。その可能性に懸けたわけです。

1週間が過ぎた頃、私は仕事の途中に何となく思い立って、妻には言わずにもう一度1人であなたを見舞おうと考えました。

病院に着くと、待合い室にはいつものように多くの患者さんが自分の番を待っています。壁際に置かれた水槽には、熱帯魚が泳いでいる映像を映しだすテレビのスクリーンがバックに挿入されていて、本物らしく泡を出す機械がブクブクといつも通りの音を刻んでいます。

集中治療室での生命の最後のあがきと医師たちの戦い、そして家族の祈りが、どこか違う世界で起こっていることであるかのように、ここでは文字どおりの日常が続いている。

ベッドの横には、義理の兄と交替して朝から付き添っている義理の姉が、目を真っ赤にして立っていました。

あなたの目には濡れた手ぬぐいがかけられていて、人工呼吸器のリズム通りに胸が上がったり下がったりしています。

「ここ、見て下さい。赤い斑点がでてるでしょ、首のまわりに。あまり人工呼吸器を長いことしてるから、これ、こすれてできちゃってるんですって……かわいそうに」

私はその湿疹のような赤い斑点をおぼろげに見ながら、どうして口から真横に出ている呼吸器のパイプで首の下辺りがこすれるのだろうと不思議に思っていました。寝返りを打つようなときこすれるのかなあ、と。でももう先生には、そんな力もないはずなのに。

「パイプが中で喉にこすれて、そこが中から壊死していってるのが、そとにでてきちゃってるらしいのね……もう目もこんなふうに閉じちゃったままだし、胃の中に喉でこすれた傷の血がたまるのかしら……今朝は血を吐いたみたい」

彼女はそう言って、あなたの目を覆っていた手ぬぐいをとり、下唇の辺りを拭ってあげました。

私は、先生の閉じた目に完全に筋力が失われていて、手ぬぐいがかかっていた部分が、うわまぶたの部分をへこませてしまったままなのを見て、はじめて死というものの匂いを感じました。それは、手ぬぐいを取っても、もとに戻らなかった。

「お腹も触ってみて……ほら……こんなにパンパンになっちゃって……」

わずか2、3週間前のこの部屋では、左手小指の付け根の心臓にいいといわれるツボをマッサージしてあげたり、ベッドでの姿勢を直すために体をずりあげたりを平気でしていた私が、おそるおそるお腹に触ってみます。これ、なんかコルセットみたいのしてるんじゃないですかと聞き返したいほど、あなたのお腹は冷たく固かった。

「薬でねえ、こんなふうに足なんかもパンパンに膨らんじゃうのよねえ」

確かにあなたの生気を失った顔に反して、胴や腕や足はしばらく見ぬ間に太ってがっしりしたように見えるので、元気だった頃の先生の堂々とした体軀が横たわっているようでした。

「聴こえるんでしょうか」

私は、初めて一言だけ義理の姉に聞きました。

「いやあ、もう聴こえない……と思う」

先生、私は正直言ってこのとき、もうあなたはここにはいないと感じました。死んじゃってると思いました。

でも、帰ってから「父の様子、どうだった?」と聞いた妻には、そうは答えられません。

夕方からあなたに付き添うために家を出た妻から、夜、「今晩は泊まろうと思うから」と電話がありました。病院の廊下の端の電話からかけているようです。来週に迫った宮古島への家族旅行をキャンセルしたり、向こうで合流することを息子がことのほか楽しみにしている友人の家族にどう連絡するかを話し合っていると、「あっ、待って。今、先生が出てらっしゃったみたい……」という声があり、電話が切れました。そして1時間ほどして、あなたが亡くなったという連絡が、再び妻から入りました。

先生、すいません。

あなたがたった今、死んだという連絡をもらっても、それでも私には悲しいという感情が起こりませんでした。

私はよっぽど冷たい人間なんでしょうか。なんか感情の回路に障害があるのでしょうか。もし自分の父が死んだと聞かされたら、全然違う悲しみが襲ってくるのでしょうか。

私は、子供たちが寝静まった夜中の台所で、なにか無性にお酒を飲みたくなりました。アルコールで頭をぼやかしてしまいたかった。だから冷蔵庫のドアを開いて、本当はあなた宛のお中元なのに義理の母がもう飲まないからと転送してくれた白ワインの瓶を見つけると、金属のカバーも剝かずにコルクを抜いて、グラス一杯に注ぎました。

義理の父を失った悲しみをごまかすためではない。なぜ悲しくならないのかに、ちょっとした畏れを抱いたからです。

私が考えてしまったことは、本当にろくでもないことかもしれません。しばらく家族にも話すことはできないでしょう。

先生、あなたは間違いなく、生きようとされていたのだと思います。「もうどうなってもいい」とメモに残され、人工呼吸器の挿管を受諾されたときでも、麻酔で薄れていく意識の中で、おそらくは、もう一度目が覚めて家族と話せるものと信じていたことでしょう。あなたは100％善意で、前向きに自分の身を処されました。あなたの心臓医者も看護婦もその期待に応え、24時間体制で治療を怠らなかった。あなたの心臓の弁が長い酷使に耐えきれずもうボロボロの状態になっていることを、あなたには告げずに支えてきた。

少し前には病室でレントゲン写真を見ながら、病状が落ちついたら手術をして回復を図るつもりだと語り、あなたを勇気づけました。彼らも100%善意でした。

あなたの妻は言うに及ばず、息子や娘たちもシフトを組んで一生懸命看病しました。医師としてのあなたが命ずる、ときに突拍子もないわがままを精いっぱい受けとめて付き添った。

あなたは、胃に直接薬を送り込むための医療用ビニール管が長すぎて、十二指腸までいっちゃってるのではないかと疑っていたこともありました。たびたび医者や看護婦を呼びつけて、その長さについて質問され、ついにはナースセンターの冷蔵庫から新しいビニール管をとってこさせて、それを計ることまでされました。娘たちは看護婦さんに、あとでいちいち頭を下げていたんです。もっとも、あなたなら、そんなことは当たり前だ、患者が納得するまで説明するのが医者や看護婦の義務なんだからと怒るでしょう。私もそう思います。新しいビニール管のパッケージを破っては困ると懇願していた若い医者を「そんなもん、勘定につけてくれればいい！」と一蹴した先生の方が理が通っていて、爽やかでさえありました。

妻はあなたが集中治療室に入ってからも、何とかよくなる方法はないかしらと、血を綺麗にすると信じて梅肉エキスをつくったり、亡くなることになる最後の日でさえも、ドクダミを煎じてからそれをポットに入れて病院に向かったのです。一方では私に、もう2、3日かもしれない、もうダメだと思うと伝えながら、夜中に突然泣き出すようなこともありました。でも、その一方で、どうしたらよくなるかしら？　どんな漢方なら飲んでくれるかしらと、昼はそのことばかり考えていたようです。

あなたの家族も言うまでもなく、１００％善意です。

みんなが１００％善意なのに、私には１つだけ、腑に落ちないことがありました。

先生はもう、死んでいたのではないか。

私には、人工呼吸器につながれて、その機械のリズム通りに顎と胸を上げ下げしているあなたは、命あるものとは思えなかった。

あの、手ぬぐいを載せていた跡がへっこんだままのまぶたは、助かりたいと叫んでいるのでも、もういいよ勘弁してくれよと懇願しているのでもない。

底知れぬ沈黙を、私に伝えていた。

「僕は樹が好きでしょう。だからまあ、桃源郷のようなところでねえ、最後は暮らしてみたいと思う。鹿児島のあの家でもいいかもしれない」

そう語っていたあなたには、何度か、それを決断するチャンスがあったようにも思えます。義理の姉の家はちょっと遠いので、私の家のそばに庭のある家を借りて、毎日緑豊かな善福寺川公園を散歩することもできたでしょう。そうすれば私の息子たちに、一つ一つの木の名前や、どんぐりや松ぼっくりにまつわる話をいっぱい聞かせてもらえたかもしれません。

大好きな鹿児島に戻っていたら、東京のように最新の医療設備はないかもしれないから、もっと早くに亡くなっていたのでしょうか。それとも、庭の緑と故郷の地の神があなたをやさしく包み込んで、もっと長生きできたでしょうか。

あるいはフォーシーズンズ・ホテルに長期逗留して訪問看護や訪問医療を上手く使って静養する手もあったかもしれませんし、海が好きなあなたですから、去年も一昨年も子供たちと一緒に行った今井浜のそばに貸別荘を借りて住むこともできたはずです。

でも、あなたは結局、そうしませんでした。

もうちょっとよくなったら、もう少し動けるようになったら、と、そのことを先送りにするうちに麻酔から覚めることなく、あなたは息をひきとった。

無理もないと思います。

人間は一生懸命生きて、そして病気になったとき、少しでもよくなろうとするのは自然ですし、よくなると信じるのが当たり前だから。

だからあなたも「もうちょっと病状が安定したら、緑に囲まれて余生を送りたいんだ」と語っていた。

ただたまたま、思ったほど余生がなかっただけのことです。

周りの人間も、みな同じように「もう少しよくなったら」と考えます。少しでもよくなって欲しいから。お父さんに元気になって欲しいから。だからあなたを励ましながら頑張ります。自分の体調を悪くするまで頑張り続けます。

そこに、「お父さん、もう1週間しか生きられないらしいから、パーッと森にでも行って、好きなシャンペンでも酌み交わしながら、大木の根っこを枕に死のうか。どう？　オレも酒ならつきあうからさあ」などと言う輩《やから》がいたら、悪魔と言われて追い返されるのが落ちでしょう。

医者もまた、よくなって欲しいから。看護婦はもちろん。みんな善意で、「少しでもよくなって欲しい」と頑張ります。

その結果、あなたは、木々に生い茂る葉っぱや生命力溢れる大木の根っことは似ても似つかない人工呼吸器のパイプの先につながれました。

そして、空気を送るパイプの規則的な蛇腹運動が、あなたの喉の内側を、昔、母たちが使っていた洗濯板の要領で容赦なくこする。あるいは、私の小さな頃にはまだどこの台所にもあった、鰹節を薄皮にするカンナ箱のように、あなたをけずりとっていった。

関係者全員の100%の善意が、どうしてあなたをこんな悲惨な姿に追い込んだのでしょうか。

瓶に残された白ワインをグラスに空けて、私はそんなことを考えていました。

エアコンがついていない部屋で、汗がだらだら流れます。

第4場　大塚の自宅にて

私はその日、自分の好きな絵を小脇に抱え、やや緊張した面もちで大塚駅のホームに降り立ちました。

癌研病院のすぐそばにある先生の家におじゃまして、あなたの末娘との結婚の許しを得るためです。

絵はプレゼントのつもりもあり、また照れ隠しで話題のネタになればと持ってきたのですが、改札を出てから急にやっぱりお菓子も買っていこうと決めました。

同居していたおばあさんがその年の初めに亡くなられたと聞いていたので、おじゃましたらすぐに仏壇にお参りしようと思ったからです。いや、真っ直ぐ行くのが怖いから、わざと寄り道をつくったようなわけです。これで私は初対面のあなたと面と向かってさしで話をする前に、二重の防波堤を築いたことになります。

リビングに通されてあなたの前に座ってから、自分のことや自分の家族のことを問われるままに小一時間お話ししたでしょうか。話のとぎれるタイミングを捉まえて、ところで今日は結婚のお許しを得るために参りましたと、私がややどもりながら告げ

ると、

「やあ、娘もそのようにしたいようだから、ひとつよろしくお願いします」と、そっけないくらいあっさり、あなたは一言でこの話題を終わらせました。

今、自分にも小さな娘がいる身になってみると、20年か30年後にメガネをかけた青年が現れて「娘さんと結婚させて下さい」などと言われたら、どんな気がするのだろうかと考えてしまいます。さだまさしさんの歌にあるように「そのかわり、一度だけ、君を殴らせろと言った」というような心境になるのか。それともけっこうあっさりしたものなのか。

もっとも先生だって、娘から初めて知らされたときには動揺があったかもしれないし、内心反対だったのかもしれない。私が現れるこの日の朝は、うろうろと落ちつかない時間を過ごしていたのかもしれません。

帰りがけに改めて私が座っていたソファの後ろを見ると、先生が癌学会を主宰された折り、世界中の研究者や臨床医の前でオペラを披露された時の雄姿がパネルにして飾ってありました。ドイツではオーケストラを指揮したこともあるというお話でした。

私たちはオリジナルなスタイルで披露パーティーをやりたかったから、芝浦にあるインクスティックという倉庫を利用したイベント会場を使うことにしていました。あなたがお母さんとともに一度会場を観たいとおっしゃっているというので、土曜日の昼にご案内することになりました。

その日はちょうど日曜日にコンサートが予定されているロックバンドがリハーサルをしていて、金髪の鶏冠《とさか》あたまのドラマーやヘビメタ風の黒ジャンのギタリストが音あわせをする度に打ちっ放しのコンクリートの床からほこりが怪しく舞い上がります。むき出しのまま配管してあるパイプや、シャンデリアも何もない空虚な天井を見て、あなたは終始無言でした。

見学の後、近くのボウリングセンターにあるレストランで軽く食事をするあいだも、「どこかちゃんとしたホテルでやってからということではだめでしょうか？」と、心配そうに聞くお母さんを横目で見ながら、ビールをちょびりちょびりやっていましたね。

別れ際、「まあ、企画次第だな」と言ったあなたのひとことは、お母さんの数々の言葉より、私を心地よく恐怖させました。

父が脳に腫瘍のようなものがあるというので緊急入院したのは、結婚して4年目の春です。

すぐに知人の医者をご紹介いただき、父の手術の折りには、忙しいさなか、執刀に同席したいと病院を訪ねてくれました。左の頭蓋骨に穴を空けて、中にできた水疱状の膿瘍にたまった膿《うみ》を注射器で吸い出す微妙な手術です。

手術を終えて療養に入ってからも、いつも癌研の患者さんにするように「やあ、どうですかぁあ」と特有の薩摩訛りで、右の手のひらを挙げながら病室に見舞いにこられました。「まだ若いんだから」……なんて言いながら、大正14年生まれで同い年の父を勇気づけて下さった。その父は、奇跡的に麻痺も残らずに生還しました。

ロンドンで、私たちが一緒にホスピスを訪ねた折りには、先生は日本の末期医療《ホスピス》視察団の団長でもありましたから、先方の院長のお話のあと、いくつか大事な点を質問されていました。

基本的に、「宗教がどの程度、ホスピスでのターミナル・ケアを支えているのか」という問題意識があったように思います。

キリスト教の精神は多くのイギリス人の基盤にあることですから、ダイレクトにこう聞いても答えることはできないでしょう。しかし、我々のような見学者が来てもいつもの様子が崩れないで、平均的には2週間といわれる最後の安らかなステイを人々は過ごしています。外国人のインタビューに微笑みをもってしっかりと答える老人たちの態度。それを支えるボランティアスタッフの存在。家からの送り迎え、亡くなる前や後の家族のメンタルなケアもボランティアスタッフの仕事です。

また亡くなった方が遺言によって遺産の一部をお世話になったホスピスに寄贈する習慣も、運営を支える大事な要素のようでした。そういったことの一つ一つがホスピスに入られて死んでいく人と、その最後の人生をサポートする人々の宗教観や死生観によって支えられている。

私にも、そう感じられました。

「よく生きる」に対する言葉として、実際そんな言葉が存在するのかどうか分かりませんが、「よく死ぬ」という言葉が自然に頭に浮かびます。もっとも、「よく死ぬ」ということも「よく生きる」ことの一部に過ぎないのかもしれません。

4歳の次男と2歳の長女が、義理の母がこの前うちに来たときにお土産として買ってきた聴診器のおもちゃで、このごろよく遊びます。

そういえば、8歳の長男も、私たちがロンドンに発つ前、まだ3歳か4歳のときに大塚の家におじゃました折、リビングのキャビネットに無造作に置いてあった先生が昔使った本物の聴診器を珍しがって、ずいぶん長いこと遊んでいたことがありました。先生は、その時だけは小さな子供の患者になって、長男に心臓の鼓動を診てもらっていましたね。

第5場　お別れの会にて

密葬から3週間ほど経ったころ、東京・護国寺でお別れの会が催されました。癌研の関係者や他の医療機関の友人、先輩、後輩、鹿児島からわざわざ駆けつけられた方々、そしてかつて、あなたの手術によって救われた患者さんたち。何かのインタビューのときに写真家に撮ってもらったものでしょう、背広とネクタイで少し左を向いて微笑みながら話しかけている写真が、大きく引き伸ばされて正面を飾っています。

ご自身も先生に癌を切ってもらったのだという鹿児島出身のお坊さんが長いお経をあげました。お経の切れ目には、また、蟬の鳴き声が聞こえます。

「私を救ってくれたあなたが、いま仏となり、生き残った私が、あなたのために祈っています。考えてみれば、人生は不思議なものです」

お坊さんの最後の弔辞が終わると、一般の弔問客の焼香が始まりました。この日ばかりは護国寺という場所柄もあり、また、1週間後に納骨式をして墓に入るのに戒名もなければかっこがつかないだろうと親戚中で話し合って、仏式のお別れの会になりました。

就任したばかりの総理からは、銀の賜杯も届いています。

焼香の列が絶えずにかなり時間が経ち、私の右横に座っている長男がもう飽きてしまって体を揺らし始めた頃です。弔問客の焼香も、もはや最後の方になっていました。

1人のおじいさんが8つ並んだ焼香台の一番右の列に並んでいるのが目に入りました。右手に持った杖でようやく自分の体を支えながら歩いています。80は超えているかもしれません。

前の焼香台が空くと、それでもしっかりと1歩前に進み出て、あなたの笑顔を懐かしそうに見つめ、杖を横に置き、両手を合わせました。

左わきに抱えていた数珠《じゅず》が落ちたのにも、気づかないようでした。

と、突然、おじいさんは深々と頭を下げながら「ありがとうございました、ありがとうございました……。先生！……ほんとうに……ありがとうございました」と、大きな声で叫ぶようにしてあなたにお礼を言いました。何度も何度も、お礼を言いました。

「あの人、おじいちゃんが助けてあげた人なんだね」と言う長男の声が、遂に私の涙腺を一気に押し広げました。あなたはこのように感謝され、亡くなったのですね、先生。

「追うほどに　新しき道見ゆるなり　砂漠の中の河の流れか」

これ、いい歌でしょうと笑いながら振り返った癌研病院のエレベータホールでのあなたの雄姿が、いまも目に浮かびます。

あなたは道を追い続けた。そして、老い続けてもいた。だから、私は、またしても考えざるを得なかった。

あなたが助けた人々が、ここに集って、あなたの冥福を祈っている。お経をあげたお坊さんも、杖を突きながら、やっとの思いで最後の別れを告げるために歩いて来られたおじいさんも、そして私の父も、生き残って、いま、あなたの死を前に集っている。

一方、元気であったときのあなたは、末期癌の多くの患者の死を看取りつづけた。数百人を助け、数百人を看取ったことでしょう。

そのあなたが、自分の死に対しては、あまりにも無防備だった。

あれだけ人の死の現場にいたはずのあなたが、自分の死を前にして、生の選択をすることができなかった。

緑に囲まれて、屋久島の縄文杉のように、生命力溢るるあまり地面から飛び出してうねった根っこを枕にでもして、悠々と死ぬことはできなかった。

それとは似ても似つかない掃除機のホースのような人工呼吸器を口にくわえ、何種類もの薬を体に送り込む何本ものチューブにつながれて、あなたは去っていった。

もう少し生きて、もう少し元気になれば、もう一度、鹿児島の土を踏めるかもしれない。病室で私と語り合っていた頃のあなたは、次に退院したときには、森の中へ、海の近くへ、大好きな木々との生活の方へ、近づいていくことができると信じていました。

私も第三者ながら、「今ならできる」と何度も妻に話していた。

去年の暮れから数えても、少なくとも3回はその決断をするチャンスがあったはずです。先生のような、決断力の塊のような人をして、なおも、延命医療から遠ざかり、自分の最後の生をふさわしく生きようとする決断を鈍らせるものは、一体なんでしょう。

自分の患者の手術に臨んでは、メスで開いた後にいつも究極の決断を迫られ続けていたはずのあなたが、それでも、緑あふれる生を生きる最後の決断ができなかったのは、どうしてでしょうか。

あなたと、医者や看護婦と、そして家族全員の100%の善意が結集した末に、あなたは一番選びたくなかったのではないかと思われる死のかたちを選んでしまった。どうしてなんだろう?……私には、いまでも不思議なのです。

蝉も、鳴くのを止めたようです。

やすらかに、おやすみください。

あとがき「処生術」——自分の人生の主人公になるための方法

「ショセイジュツ」という言葉には、いささか古い響きがあるかもしれない。

普通私たちが「処世術」という古い言葉に対して持つ「世渡りが上手い」というニュアンスは、もともとの意味にはない。そして新しく造語された「処生術」とは、文字通り自分が主体となって「人生」を「処」するための方法である。世の中に「処」されてしまったり、世間に媚びを売ってサーフィンよろしく渡っていったりすることとはほど遠い。

むしろ自分の身を主人公に、世の中で起こることについて、自分の価値判断で対処していくわけだから、けっこうリスクも高くなる。

その意味で「処生術」は両刃の剣だ。

しかし現実には、商品の安全基準や品質管理を国や企業に任せて何も考えずに働いてさえいれば、都市の安全も食品や医薬品への安心も保証つきでノホホンと生きられた時代は終わろうとしている。

前の世代までは、自分自身の人生設計――ライフデザイン――などという、しちめんどくさいことを考えなくても、国が企業が、私たちのいく先々で住宅や車や次に買いたいものの数々を用意してくれた。保険や年金も用意してくれた。家族の望ましい在り方や、息子や娘をどの学校に入れれば立派なホワイトカラーになってくれるのか、そして余生の過ごし方まで。

黙っていれば、いいように運んでくれた。

ところがご存じのように、私たちの世代はこの波に乗り遅れたのだ。通称「レイトカマー（遅れてきた人たちあるいは間に合わなかった人たち）」とも呼ばれている私たちの幸福については、前の世代に手本はない。逆に、前の世代が常識としてやっていた成功法則をそのまま真に受けてやってしまうと、思わぬワナにはまりこむ。

私たちが、自分の人生の主人公になるためにすべきことは、一人一人が自分の価値観を確立して、自己責任において選択していくというけっこうタフな仕事だ。自由のためには責任が発生する。だから、「処生術」が大事になる。

＊

出張した先のスウェーデンのストックホルムで、貸切バスの若いドライバーが言った。

「8・8メートルのマホガニー製のヨットをハーバーに預けてあって、しょっちゅう乗りに行くんです。ええ、私のですよ。維持費？　さあ、全部あわせて年に3500クローナ（約6万円）くらいかなあ」

年収はおそらく日本の平均的なサラリーマンの半分。しかも所得税も消費税も日本より圧倒的に高い。私はロンドンとパリにあわせて2年半ほど住んでいたが、その間ずっと感じていたのはこの疑問だ。

「なぜ日本に住んでいると、倍の年収をもらっていて、しかも税金もはるかに低率なのに、豊かになれないのか？」

私たちの心が貧しいからではないし、日本という国に文化がないからでもない。みんな一生懸命がんばっているのだし、企業の国際競争力もまだまだ強い。

「なんか、ヘンだなあ？」

条件はほとんどそろっているのに、何か歯車が噛み合っていない部分がある。だから、どこかそのスキマから幸福感がこぼれ落ちていく。

日本の社会には、新聞を賑わす戦後システムの歪みや腐敗はあちこちに出ているけれども、欧州との比較論でいけば、もしかしたらキリストが「この世の終わりに現われる」と語った当時の「天国」と呼ぶ世界にかなり近いのではないかと思える時がある。

欧州にはびこる慢性的な失業。新卒の学生に職がないのは日本の比ではない。国家的な福祉予算の破綻。年金をめぐる行き場のない労使紛争。企業はEU統合によって競争力を失う不安に脅かされ、リストラの強迫観念に駆られている。そして絶え間のない地域紛争と宗教戦争。

痩せても枯れてもまだ「日本はなんて平和でいい国なんだろう」が、本音の印象ではなかろうか。

しかし、何かが狂っている。

戦後50年のお手本だったアメリカ型ライフスタイルも、ヨーロッパ型ライフスタイルも、もちろんいい所はあるけれど、私としてはこの辺で、新しい日本型が出てきてもいいのではないかと考える。

そのためには端的に言って、次の3つの社会のありようがゆっくりとでも変わってくれるとありがたい。

一つは、土地が安くなって住まいの値段が売買賃貸ともに手ごろになること。私たち個人が高い土地を敢えて買わない決断をすることも、この関係の正常化に一役かうことになるだろう。住宅だけでなく車や他の商品についても、自分自身の鑑定眼を信じて、もう一度ナンボのものかを見直そう。

二つ目は、広い意味でサラリーマンの比率がもう少し下がること。

私のようなフェローシップをはじめとして、企業と個人の新しい関係を創り出すために様々なチャレンジがなされてよい。副業も週末起業ももっと奨励されるべきだ。また子を持つ親には、次の時代を生きる子供たちを標準化の罠から逃れさせる努力も必要だ。

三つ目は、新しい世界観を子供たちとともに創っていこう。日本流の個人主義が徐々に浸透していくこと。そろそろ、個人と個人、個人と社会の新しい関係創りを始めよう。そのためには産業社会の側も、ブロードキャスト型（企業からの発想）からコーポラティブ型（個人からの発想）へシフトしていく必要がある。逆にそうした社会システムの支えが強化されなければ、個人は勇気をふるえない。この分野へのベンチャー企業の進出を大いに歓迎したい。

総じて言えば、社会的には、住宅と教育と企業の雇用という3つの社会システムが変わっていく一方で、人生を生きる私たち一人一人が、日本風自分流の「処生術」に目覚めていくことだと言える。

いや、もう私たちは目覚め始めている。あとは如何に自分流にデザインしていくかだ。

新しい時代の「処生術」とは、自分の人生の主人公になるために、世の中と自分との新しい関係をデザインする方法だ。

この本では、自分が主役を演じることについては先輩格で、人生をユニークに生きる達人とも呼ばれるフランス人の「処生術（アール・ド・ヴィーヴル）」も参考にしながら、私自身の30歳から40歳まで10年間の体験とそこから得たものを少々照れながら披露している。

それが、読者自身の自分流の「処生術」をかたち創っていく刺激になれば幸いだ。

とはいえ私自身もまだまだ修業中の身。人生を処すための結論を描いたわけではなく、人生を処すための前提として、まず自分自身への問いかけによって、主人公としての意識を取り戻す過程について描こうと努力した。

＊

私に次いでR社のフェロー第3号となったマラソンランナーの有森裕子さんが、こんなエピソードを話してくれた。

「バルセロナでは、沿道で応援していた人たちがみんな〝アニモ！　アニモ！〟って叫んでたんです。私の愛称がアリモリじゃ長いので〝アリモ〟だったもんですから。イヤーッ、みんな私のこと応援してくれてるんだって、走りながらずっと嬉しかったんです。

でもあとで聞いたら、スペイン語で〝アニモ！〟は〝頑張れ！〟っていう意味だったんですって。走ってるみんなにガンバレって言ってたんですね。私、すっかり勘違いしちゃってていい気分でした」

「アトランタでもあったんですよ。前半の一番苦しいところで、私の大好きなヒマワリの花を描いた大きなボードが見えたんです。ワアーッ、日本から誰かが私のためにヒマワリを看板にして応援に来てくれたんだって。よーし行くぞー！　って気合いがはいったんです。

実はそれって、アメリカの食品メーカーの大きな広告看板で、たまたまヒマワリの写真を大きく使ってただけなんですって」

あっけらかんと話す彼女のこの2つのエピソードには、私たちが世の中という劇場の自分の人生という舞台で、主人公の役を取り戻すための魔法の言葉が含まれている。単なるおっちょこちょいの笑い話ではないし、彼女をそれほど運のいいラッキー娘だとして片付けてしまうことはできない。前の晩どんなに遅くても毎朝6時に起きて15キロのランニングから1日を始める。そんな努力の人が、オリンピックのような大きなレースでの勝負の舞台で夢をみている。

自分を徹底的に主人公にした夢をみている。

その夢ははたして幻だろうか。スペイン語の〝アニモ!〟も広告塔の〝ヒマワリ〟も、彼女の勘違いによる幻だったろうか。

いや、バルセロナの人々は彼女のことを〝アリモ!〟と応援したのだし、アトランタの街は大輪のヒマワリで彼女を迎え、そして勇気づけた。彼女の意識のなかでは、それは主体的に見まごわれた現実だった。

自分を主人公とする意識は、本来関わりのないはずの周囲の人々や環境まで味方につけ、渦巻くように勝つための要素を惹き付けてしまう。単なる勘違いだったのではなく、自分の意識がまわりの現実を変えていく化学反応だ。そしてそれが、「強い人が勝つのではなく、勝った人が強かったのだ」と彼女自身が語るレースで、〝自分を誉めたいと思います〟という結果につながったことは誰もが知っている。

もしかしたらそれは、様々な分野の主人公たちに共通する流儀かもしれない。

「一緒にレースを戦う仲間とも、もっとコミュニケーションできたらいいなあって思うんです。もっとお互いに知り合えたらレースがもっと楽しくなって、そして別の世界が見えるようになるかもしれないなあって」……そう言って有森さんはコロラドに旅立った。

自分が変わっていくことで、必ず周囲は変わる。私1人の意識の変化が、まず身近な世の中を動かし、やがて日本の国を動かしていく。

私は、そう信じている。

最後に、この原稿を書籍として発表する勇気を与えてくれた5人の友人に感謝を捧げたい。澤田美佐子、佐藤明美、小川朝子、藤原かおる、そして新潮社の寺島哲也の5氏である。

付録　私の履歴書

藤原和博（ふじはらかずひろ）　教育改革実践家

元リクルート社フェロー／和田中学校・一条高校元校長

講演1500回を超える人気講師。書籍は累計85冊150万部。YouTube150万回超再生。

1955年東京生まれ。78年東京大学経済学部卒業後、株式会社リクルート入社。東京営業統括部長、新規事業担当部長などを歴任後、93年よりヨーロッパ駐在、96年同社フェローとなる。2003年より5年間、都内では義務教育初の民間校長として杉並区立和田中学校校長を務める。08~11年橋下大阪府知事特別顧問。16年から2年間奈良市立一条高校校長としてスマホを授業に活用。

アクティブラーニングの手本となった「よのなか科」が『ベネッセ賞』、「地域本部

（現在は地域学校協働本部として全国に波及）」が『博報賞』、食育と読書活動が『文部科学大臣賞』をダブル受賞し一挙四冠に。

著書に『人生の教科書［人間関係］』（ちくま文庫）があり「人生の教科書作家」とも呼ばれる。ビジネス系では『リクルートという奇跡』、和田中改革ドキュメント『つなげる力』（共に文春文庫）。教育系では『父親になるということ』（日経ビジネス人文庫）、『僕たちは14歳までに何を学んだか』（SB新書）、共著に『人生の教科書［よのなかのルール］』（ちくま文庫）、45万部のベストセラー『16歳の教科書』（講談社＋α文庫）がある。

人生後半戦の生き方の教科書『坂の上の坂　55歳までにやっておきたい55のこと』（ポプラ文庫）は12万部を超えるベストセラー。近著はキングコングの西野亮廣氏絶賛の『藤原和博の必ず食える1％の人になる方法』（東洋経済新報社）、ホリエモン絶賛の『10年後、君に仕事はあるのか？』（ダイヤモンド社）など。ちくま文庫で、藤原和博「人生の教科書」コレクションがスタート。

日本の職人芸の結晶であるブランドを超えた腕時計「japan」「arita」（文字盤が漆塗りや石巻の雄勝石、有田焼の白磁）シリーズを諏訪の時計師とファクトリーアウトレット方式でオリジナル開発。ネットを使えば個人新聞社や個人放送局だけでなく、個人マニュファクチャラー（生産者）も可能になることを証明した。

本業は教育改革。教育界に蔓延る「正解主義・前例主義・事勿れ主義」を排し、一斉授業を超える新しい仕組みづくりに奔走。一条高校では生徒所有のスマホを授業に活かして「スーパー・スマート・スクール（SSS）」化。「よのなか科」が手本となっているアクティブラーニングやマネジメントを教える校長先生たちの校長としての役割も担う。現在は、幼児教育分野を研究し幼稚園／こども園改革を模索中。

詳しくはホームページ「藤原和博のよのなかnet」http://yononaka.net に。

文庫版のためのあとがき

この本は、私のデビュー作『処生術　生きるチカラが深まる本』（新潮社・1997年）とその続編『プライド　処生術2』（同・2000年）を合わせて再編集したもの。演出家のテリー伊藤さんが「学校の道徳の教科書にしたい！」と評してくれたベストセラーです。サラリーマンが会社人間から会社内「個人」として自分の人生への目覚めを促す本だったので、読み継がれていました。

いわば、自己啓発系の古典に属するのかもしれません。Google誕生（1998年）の前年、iPhoneデビュー（2007年）の10年前に書かれたのですが、人生の教科書コレクションとも呼ばれる私の出版活動につながる原点となりました。2020年までの累積で85冊150万部にもなります。

内容とメッセージが古びないのは、「自分の人生のオーナーは誰ですか」という問いかけから入って、読者が人生のオーナーとしてのイニシアチブを、国や会社やマスメディアから取り戻すための知恵を満載しているからでしょう。

さらに、コロナ以降の新しい生活様式として、会社の支配から適切な距離をとり、組織をうまく利用して仕事する態度が奨励されるようになってくると、この本に示した数々の技術がますます生きてくることにもなりました。「働き方改革」を20年先取りしたので、予言の書とも呼ばれています。

ただし、文庫にまとめるのに際して、若干の改稿をしました。たとえば原文の書き出しは「新聞をとるのを止め、テレビを居間からどけると、世の中が見えてくる」だったのですが、さすがにネット社会でのスマホの存在を無視するわけにはいきません。そこで、文庫では「新聞をとるのを止め、テレビを居間からどける。そしてスマホの電源を切っておけば、世の中が観えてくる」と改めました。

『処生術』の出版は、1997年の北海道拓殖銀行と山一證券の破綻、そして1998年の日本長期信用銀行と日本債券信用銀行の相次いだ経営破綻によってバブル崩壊が決定的になったタイミングと重なりました。だから、この本に書かれたキーワードは、自立する個人へのメッセージとして様々なメディアに引用されたのです。

たとえば、「ＳＳＫで身を滅ぼすな」にはこうあります。

接待（Settai）、査定（Satei）、会議（Kaigi）の頭文字をとって「ＳＳＫ比率」と呼んでいる。実際、取締役の方々のスケジュール表を見れば一目瞭然だが、「ＳＳＫ比率」が9割に達する人もいる。

会議に出れば出るほど、自分の本当のテーマを追う仕事をする時間がなくなってしまう。できる人ほど偉くなる。偉くなるほど、本来の仕事をする時間が減る。会議の進め方は上手くなっても、どんどん仕事のできない人になる。

これが仕事と組織のパラドックスの正体だ。


あるいは、次のようなメッセージも人気を博しました。
○いずれ生活防衛のために情報武装した個人同士が取り引きする時代になる。ここでは、消費税が7％を超える時この流れは本格化し、15％にいたって主流になると予言しておこう（２０１３年のメルカリ登場を予言したと言われた一節です）。
○病院で待合室に座っている。2時間もすれば私たちは立派な病人になれる。いや、「病院」という名の建物の扉を開けた瞬間から私たちは病気になるのだ。

○「誰のようでもありたくない自分」と「誰かのようでありたい自分」が同居している。
○出逢いの中に、自分の人生を刻みつけていくこと。
○少なくとも歴史的事実から見れば、会社とは本来、夢を実現するために創られたものだ。夢を捨てたら手段に殺される。
○革命はいつも、たった1人から始まる。

また、「逃げる」「避ける」「断る」「減らす」「止める」の項での自分リストラのすすめは、コロナ以降の「新しい生活様式」にも通じる人生戦略の基本です。新しい生活様式を始めるためには、まず古い生活様式を大幅にリストラするところから始めなければなりませんから。

読者はこの本を読む過程で、その職業や立場に関わらず、人生というものを強く意識するようになるでしょう。

そして、人生というのは1冊の本のようなものだと気づくはずです。
あなたが人生を生きることは、世界に2つとないユニークな本を編集していくのと同じです。あなたは主人公であり、著者であり、そして編集者でもあるのです。

だから、その編集力が鍵になる。

この本の知恵は、すべて人生を1冊の本として編集していく編集技術、演出技術を高めていくためのもの。もちろん、主役だけでなく脇役も大事ですよね。

でも、インスタ映えする写真を撮ってばかりいたら、主人公にはなれない。主人公は自ら行動するものだからです。そして、必ずしも成功する必要はない。なぜなら、人生の物語には失敗や挫折、葛藤や病気との闘いがあったほうが、読者にとってより興味深いからです。これからも、素敵な物語を編集していってください。

なお、この本には勝間和代さんが文章を寄せてくれました。

勝間さんとはエンジン01文化戦略会議の教育委員会（林真理子委員長）で知り合い、東日本大震災の直後には、私が応援していた石巻市の雄勝中学校への出前授業にもご一緒していただきました。

このあとがきを書いている時点では、勝間さんの文章を読んではいないのですが、今から楽しみ。勝間さんも、自分の人生のオーナーシップを強烈に感じさせるという意味で、同族の匂いがするからです。

２０２０年秋　ヒロ・ヤマガタの「野外音楽会」が飾ってある自宅の書斎にて

藤原和博

【文庫版特典エッセイ】

やさしい先輩が人生のコツを教えてくれます

勝間　和代

自由な時間を作り出す方法

藤原和博さんと最初にお会いしたのは、もう20年以上前でしょうか。当時私はまだマッキンゼーの社員で、たまたまボランティアで参加していた会合で藤原さんと偶然隣同士になったのです。当時からもう藤原さんは執筆その他で既に活躍されていて、私もご著書を読んでいましたので、お名前はよく存じ上げていました。私の上司がまたま藤原さんの友人だったご縁から話が弾み、まだ30代前半だった私をランチに誘っていろいろ話をしてくださり、おごってくださいました。

「初対面の間接的な後輩にランチをおごって、いろいろ処世術を教えてくださるなんて親切な人だなあ」

と思ったことをよく覚えています。その後お会いした時には、私は苗字も職業も変わっていましたので、藤原さんはすっかりその時のことを忘れられていたようですが、私がこの本を読ませていただいた印象はまさしく、

「あのときの藤原さんのランチそのままだ」

ということです。会社や人生の優しい先輩が後輩に対して、いろいろな処世術をわかりやすく説いてくれているような本です。「自分の人生をスマホやテレビや新聞にコントロールされてはいけない」、「自分の人生のピークを30代ではなく年を取れば取るほど右肩上がりになるようなイメージを持とう」、「どんな偉い人との会食でも午後10時半過ぎには失礼してしまおう」などなど、本当に藤原さんの普段の行動そのままです。

特にこの本で注力しているのは、

「やることよりも止めることを考えよう」

というメッセージだと私はとらえました。本文の中で、一般の人はやっていても藤原さんがやっていないことを12種類列挙しています。その目的は、自分の自由、すなわち自由な時間を手に入れるためです。

自由な時間がほしいというのは、多くの人の共通の願いだと思います。しかしほとんどの人が口でほしいというだけで、実際にその時間を生み出すための行動をしていません。私たちの資源には限りがありますが、最も限りがあるのが命という時間です。だからこそ3日後3か月後あるいは3年後に自分の寿命が尽きるとしたら一体何をしたいか、という逆算をいつも考えるというコツも紹介してくれています。

また、全体的にコマーシャリズムについても批判的です。私たちは自分でものを考えているようであっても、実はマスメディアやあるいは広告に考えを乗っ取られて、人生を操られているのです。その筆頭がスマホであることについては、これを読んでいる人は誰しもが納得するのではないでしょうか?

結局私たちは無駄に不安を煽られ、そしてその不安に対処する方法はこれだけであるというような形でお布施を要求され、そのお布施を黙々と払い続けています。しかしその不安が本物であるかどうかについては、きちんと吟味をしなければなりません。

藤原さんは海外在住経験も豊富で、イギリスやフランスと比べた日本の奇妙な習慣や貧しさについても指摘をしています。日本にいると当たり前に思ってしまっていること、なぜ私たちがこんなに高い米を食べ、高い家賃を払い、そして、中古車は5年もすればタダ同然になってしまうような日本の常識に捉われて生きているのか、という疑問です。

自分が人生の主役である

常にこの本の中で根底する考え方は、

「自分が主役である」

という強い自負でしょう。20年前に会ったランチの時、藤原さんが自信に満ち溢れていることに実は私は驚いたのですが、まさしくその頃から「自分が主役」という強い気持ちで行動されていたのだと思います。

そうは言っても藤原さんも最初から主役だったわけではなく、30代までは朝から晩まで働いて遊んで、その結果ストレス過多による一種の心身症であるメニエル氏症候群になっています。正確に言うと、この病気をきっかけに考え方がガラッと変わったわけです。嫌なことをやめて、自分の自由な時間を取り戻すようになりました。

私はこの本を読むまで、藤原さんがメニエル氏症候群であったことを知りませんでしたのでとても驚きました。なぜかと言うと私がマッキンゼーを辞めたきっかけも、まさしくメニエル氏症候群だったからです。あれはなった人でないとわからないのですが、とにかくぐるぐると自分が回転し耳が聞こえなくなり、非常に気分が悪くなります。

熱に浮かされたように周りから与えられた目標に突っ走り、本当はストレスがあるのにストレスを感じないようなふりをしていると交感神経優位になって全身が疲労し、メニエル氏症候群をはじめ様々な疾病になる可能性が上がってしまうのです。

この身体からの無言の警告は、誰しも身に覚えがあると思います。私がよく経験するのは、怒りを抑えると腰痛になるということです。腰痛の原因は様々で完全には解明されていませんが、その1つが怒りであるというのは通説になっています。

新型コロナにより、強制的に働き方改革が行われました。これだけ通信技術が発達している現代では、わざわざ会社という建物や組織に毎日通う必要はなかったのに、なんとなく慣習的に通勤が行われていたわけです。しかもIT技術の発達というのは、これを使いこなしている人とそうでない人で5倍から10倍の生産性の差があります。

これまでは時間で払われていた収入が、これからは成果で払われることが主流になるのは間違いありませんし、在宅勤務が主流になっていきます。そうなると、これまで完全に分かれていた家庭の生活と仕事の生活が融和されていきます。今こそ藤原さんが説かれるような、会社のベクトルと自分のベクトルをそれぞれ合成した形で、いかにその総和が双方にとって有意義になるかという生活設計や人生設計を、私たちは行っていくべきでしょう。

どのようにして人生設計を積み上げていくかを抽象的な概念で教わっても、私たちはなかなか理解ができません。藤原さんは、ご自分が20代30代そしてその後にどのようなきっかけで自分の気持ちが変化してきたかを、わかりやすくストーリーで語ってくれています。そこがすごいところです。まだ仕事と自分の生活のベクトルを合成できていない人にも、自分がどのように変わりうるかドキュメンタリーを見るように理解できます。

仕事の棚卸しをしよう

例えば、藤原さんが40歳前になり海外に行くために自分の仕事の棚卸しをして英文の履歴書を作ろうとしたところ、「関わった、参加した、推進した」のような曖昧な表現は英語の履歴書として許されず、具体的に何をしたかということを明確にしなければいけなかったという経験談が出てきました。

その経験を踏まえて、この本には自分の仕事の棚卸しをするための履歴書の具体的な書き方ガイドがありますので、キャリアに悩んでいる人はぜひ自分の履歴書を書いてみてほしいと思います。

仕事もあるいは会社に属するということも、基本的には自分が実現したい目的を達成する手段なのですが、会社に属しているうちにその手段と目的が逆になっていき、何を達成したかったかを忘れてどんどん会社に順応するようになってしまいます。

私が最初にこの本のメッセージは、

「自分が人生の主役であることを常に心に刻むこと」だと思ったように、能動的に自分の仕事のしかたや生き方をプロデュースしていかないといけないのです。

また自分だけの人生に閉じこもるのではなく、人と人とのつながりをクリエイトすることについても様々なヒントを藤原さんは私たちに示してくれています。

「アール・ド・ヴィーヴル」（芸術的生活術）というフランス人の生活信条がありますが、これは人と人とをつなぐために日常生活の中でフランスの人たちが行う自然な習慣を指します。例えば、女性に道を譲りながらそのファッションやヘアスタイルをほめたり、料理を楽しむため美しいテーブルクロスを選んだり、田舎にカントリーハウスを持ちそこにお客様を招いたりするようなことです。

自分だけで人生を閉じずに、どうやって人とのつながりをクリエイティブに演出するのか、まさしくそれがフランス人が実行している処世術であり、日本人にまだまだ欠けている側面です。

藤原さんは、自宅にたくさんアートがある人は自宅を私設美術館に、たくさん本がある人は私設図書館にすればいいし、音楽が得意な人は自宅をコンサートホールにしましょう、と書かれています。

この感覚は私も全く同意で、私の家のリビングには、

・全自動麻雀卓

・プレイステーションでできるカラオケ

・たくさんのボードゲーム

がおいてあり、友人が泊りがけで遊びに来られるようになっています。自分も含めて人と人をつなげる喜びこそが、人生の幸せを増していきます。日本にはそれを表すぴったりとした言葉がありませんが、フランスの「アール・ド・ヴィーヴル」という言葉を紹介することで、私たちに明確なガイダンスを与えてくれるのです。

お金の大切さ

また処世術で大事なことは、お金です。お金がどれだけ人生や生涯にあれば十分かということについては、誰しも共通な悩みだと思います。子供を1人育てるだけで、おおむね1億円から3億円かかります。加えて定年後の人生においても、6千万円ほどの余裕が必要だと、私は計算しています。

このようなライフデザインの経済は深刻であるにも関わらず、ほとんどの人は明確

に計算をしたり想像をしたりしていないと藤原さんは指摘しています。2019年に金融庁が、老後資金は2千万円不足するというシミュレーションを発表して話題になりましたが、20年以上前から藤原さんはそのことを指摘し続けているのです。
ちなみにこの本では触れられていませんが、私が老後資金のための蓄財として常に推奨し続けているのは、「ドルコスト平均法」という手法です。これは月々の手取りの1割から2割を、世界株式インデックスの投資信託に積み立てていくものです。資本主義の世界がこのまま継続しインフレがある限り、世界株式インデックスは多少の上がり下がりがあったとしても中長期的には右肩上がりの上昇を続けていきます。しかも中途で配当がありますので、元本変動と配当を合わせると年間の利幅が約4%から6%になりますので、月々1万円ずつ積み立てるだけでも、20代から積み立てていれば老後資金に問題はなくなります。そして今30代や40代、50代の人であっても人生100年時代であることを考えると、いつ始めても遅くはないのです。

自分の生活や人生もアートである

この本に収められている内容は、社会にうまく適応しながら生きる方法ではなく、自分の人生を生きる方法なので、

×処世術
○処生術
となっています。そういう意味では藤原さんが様々に紹介してくれた手法のすべてを丸呑みにするのではなく、どの部分を自分の人生の中に取り入れてどの部分をアレンジするかという取捨選択が必要になっていくことでしょう。

小さい頃からの周りとの順応の時代、そしてメニエル氏症候群を経て今に至った自分を藤原さんは、「サイボーグ」と呼んでいます。この「処生術」は、そんな人生の中で一つ一つ自分で見つけ、自分の言葉で考えてたどり着いたものです。

私たちはいきなり正解を言われたとしても、それをなかなか納得できないものですが、ある程度正しいガイダンスがある中で道を進むのと、地図もナビゲーションもない中で進むのとでは、その難易度が全く変わります。

人生の先輩が様々な処生術を学び、それをどのように私たちに伝えようとしているのかという視点があれば、何を語りかけてくれているのか納得できると思いますし、なぜ藤原さんの個人的なヒストリーがかなり詳しく記載されているのかも、理解できると思います。

藤原さんは「処生術」という表現をしていますが、私は私なりに、

「時間リッチ・キャッシュリッチへの道」

という言い方をしています。自分が人生の主役として生きるための方法を、読者の皆さんと一緒に考え模索しているというところは共通しています。

最近は「感情マネジメント」というキーワードがあり、特に不安や怒りについてそれを無視するのではなく、ポジティブな感情もネガティブな感情も自分のものとして捉え、そこにうまく敏捷に対応していこうと呼びかけられています。マインドフルネスやアンガーマネジメントも、基本的には感情マネジメントの一種です。

結局私たちは、自分で自分の生き方を決めなければいけません。普段の生活の中で自分がどのような感情を覚えているかということについて敏感になり、その感情を無視することなく、どうやったらより人との関わりを上手に保ちながら自分の人生を歩み、自分の能力を社会に還元していくかということを考えていくと、より自分が主役の人生に近づいて行くと思います。

そして、「アール・ド・ヴィーヴル」(芸術的生活術)がキーワードになりますが、自分の生活を芸術作品の1つと捉えて、人とのつながりや仕事のベクトルにおいてどのような試みをしていけば、より自分の目指す世界観を上手に作り上げられるかを考え続けるわけです。

自分の生活や人生もアートであると考えれば、同じアートが世の中には全くないように、一人一人が違うアートを作り上げようとしているはずです。そしてそのアートの価値というのは社会や上司や家族が決めるわけではなく、自分自身がその価値を決めるべきであり、そのアートをどのように完成させるかについても自分に責任があります。

人から言われただけ、メディアから洗脳されただけのことを行うのであれば、それはアートではなく作業です。あるいはアンドロイドやロボットかもしれません。私たち一人一人が全く違う人間で、全く違う感性を持っていて全く違う能力を持ってるわけですから、それぞれがどのようにして社会の中で自分の人生や生活を作り上げ、また自分の身の周りの人とより良い関係性を築くということ、さらに、自分の周りの人が自分のアートを作るために手助けできることは何かということを考えていくと、自ずと進む道が見えてくると思います。

この本を読んだ方はぜひ、自分の人生ストーリーの棚卸しをしてみてほしいと思います。どのような家庭環境に生まれてどのように育ち、どのような価値観を持っていて今に至っているのか、そして今、自分が元々やりたいと思っていた主役をしっかりと演出できているのか、それともまだまだ何かに踊らされているのか、もし踊らされているとしたら何を止めていくべきなのかということを、この本をヒントに一つ一つ考えることを推奨したいと思います。

それこそが自分が主役となることであり、藤原さんのメッセージを受け取って自分の人生のアートを作り上げていくことにつながっていくでしょう。

（かつま・かずよ　評論家）

本書は、新潮社より刊行された『処生術』（一九九七年一二月）と、『プライド
――処生術２』（二〇〇〇年八月）を合本し、加筆、修正を行いました。

人生の教科書
「よのなかのルール」　藤原和博　宮台真司

〝バカを伝染(うつ)さない〟ための「成熟社会へのパスポート」です。大人と子ども、お金と仕事、男と女と自殺のルールを考える。　（重松清）

人生の教科書
「人間関係」　藤原和博

人間関係で一番大切なことは、相手に「！」を感じてもらうことだ。そのための、すぐに使えるヒントが詰まった一冊。　（茂木健一郎）

人生の教科書
「情報編集力をつける国語」　藤原和博／重松清／橋本治

コミュニケーションツールとしての日本語力＝情報編集力をつけるのが国語。重松清の小説と橋本治の古典で実践教科書を完成。　（平田オリザ）

人生の教科書
「おかねとしあわせ」　藤原和博

「人との絆を深める使い方だけが、幸せを導く」——こう断言する著者が実践してきた幸せになるお金の使い方、18の法則とは？　（木暮太一）

味方をふやす技術　藤原和博

他人とのつながりがなければ、生きてゆけない。でも味方をふやすためには、嫌われる覚悟も必要だ。ほんとうに豊かな人間関係を築くために！

14歳からの社会学　宮台真司

「社会を分析する専門家」である著者が、社会の「本当のこと」を伝え、いかに生きるべきか、に正面から答えた。重松清、大道珠貴との対談を新たに付す。

宮台教授の就活原論　宮台真司

社会のこと、働くこと、就職活動、すべてを串刺しにした画期的就活論。これから社会に出る若者はもちろん、全社会人のための必読書。　（常見陽平）

増補
サブカルチャー神話解体　宮台真司／石原英樹／大塚明子

少女カルチャーや音楽、マンガ、ＡＶなど各種メディアの歴史を辿り、若者の変化を浮き彫りにした前人未到のサブカル分析。　（上野千鶴子）

「読まなくてもいい本」の読書案内　橘玲

時間は有限だから「古いパラダイムで書かれた本」は捨てよう！「今、読むべき本」が浮かび上がる驚きの読書術。文庫版書き下ろしを付加。　（吉川浩満）

戦略読書日記　楠木建

『一勝九敗』から『日本永代蔵』まで。競争戦略の第一人者が自著を含む22冊の本との対話を通じて考えた戦略と経営の本質。　（出口治明）

質問力　齋藤孝
コミュニケーション上達の秘訣は質問力にあり！これさえ磨けば、初対面の人からも深い話が引き出せる。話題の本の、待望の文庫化。（斎藤兆史）

段取り力　齋藤孝
仕事でも勉強でも、うまくいかない時は「段取りが悪かったのではないか」と思えば道が開かれる。段取り名人となるコツを伝授する！（池上彰）

コメント力　齋藤孝
オリジナリティのあるコメントを言えるかどうかで「おもしろい人」、「できる人」という評価が決まる。優れたコメントに学べ！

齋藤孝の速読塾　齋藤孝
二割読書法、キーワード探し、呼吸法から本の選び方まで著者が実践する「脳が活性化し理解力が高まる」夢の読書法を大公開！（水道橋博士）

仕事力　齋藤孝
「仕事力」をつけて自由になろう！　課題を小さく明確なことに落とし込み、2週間で集中して取り組めば、必ずできる人になる。（海老原嗣生）

前向き力　齋藤孝
「がんばっているのに、うまくいかない」あなた。ちょっと力を抜いて、くよくよ、ごちゃごちゃから抜け出すとすっきりうまくいきます。（名越康文）

「日本人」力 九つの型　齋藤孝
個性重視と集団主義の融合は難問のままである。著名な九人の生き方をたどり、「少年力」や「座禅力」などの「力」の提言を通して解決への道を示す。

やる気も成績も必ず上がる家庭勉強法　齋藤孝
勉強はやれば必ずできるようになる！　ちょっとしたコツで勉強が好きになり、苦痛が減る方法を伝授する。家庭で親が子どもと一緒に学べる方法とは？

新版 一生モノの勉強法　鎌田浩毅
京大人気№1教授が長年実践している時間術、ツール術、読書術から人脈術まで、最適の戦略を余すところなく大公開。「人間力を磨く」学び方とは？

かかわり方のまなび方　西村佳哲
「仕事」の先には必ず人が居る。自分を人を十全に活かすこと。それが「いい仕事」につながる。その方策を探った働き方研究第三弾。（向谷地生良）

仕事に生かす地頭力　細谷功

仕事とは何なのか？ 本当に考えるとはどういうことか？ ストーリー仕立てで地頭力の本質を学び、問題解決能力が自然に育つ本。（海老原嗣生）

あなたの話はなぜ「通じない」のか　山田ズーニー

進研ゼミの小論文メソッドを開発し、考える力、書く力の育成に尽力してきた著者が「話が通じるための技術」を基礎のキソから懇切丁寧に伝授！

半年で職場の星になる！働くためのコミュニケーション力　山田ズーニー

職場での人付合いや効果的な「自己紹介」の仕方など最初の一歩から、企画書、メールの書き方など実践的技術まで。会社で役立つチカラが身につく本。

スタバではグランデを買え！　吉本佳生

身近な生活で接するものやサービスの価格を、やさしい経済学で読み解く。「取引コスト」という概念で学ぶ、消費者のための経済学入門。（西村喜良）

クルマは家電量販店で買え！　吉本佳生

『スタバではグランデを買え！』続編。やさしい経済学で、価格のカラクリがわかる。ゲーム理論や政治・社会面の要因も踏まえた応用編。（土井英司）

ライカでグッドバイ　青木冨貴子

ベトナム戦争の写真報道でピュリッツァー賞にかがやき、34歳で戦場に散った沢田教一の人生を描いたノンフィクションの名作。（開高健／角幡唯介）

英国セント・キルダ島で知った何も持たない生き方　井形慶子

イギリス通の著者が偶然知った世界遺産の島セント・キルダでの暮らしと社会を日本で初めて紹介。実在した島民の目を通じてその魅力を語る。

完全版 この地球《ほし》を受け継ぐ者へ　石川直樹

22歳で北極から南極までを人力踏破した記録。ほとばしり出る若い情熱を鋭い筆致で語るデビュー作、待望の復刊。カラー口絵ほか写真多数。（管啓次郎）

脱貧困の経済学　飯田泰之　雨宮処凛

格差と貧困が広がり閉塞感と無力感に覆われている日本。だが、経済学の発想を使えばまだ打つ手はある。追加対談も収録して、貧困問題を論じ尽くす。

戦場カメラマン　石川文洋

米兵が頭を撃ち抜かれ、解放軍兵士が吹き飛ぶ。祖国を守るため、自由を得るため、差別や貧困から脱するため、戦う兵士。破壊される農村。（藤原聡）

東京骨灰紀行　小沢信男

両国、谷中、千住……アスファルトの下、累々と埋もれる無数の骨灰をめぐり、忘れられた江戸・東京の記憶を掘り起こす鎮魂行。（黒川創）

大正時代の身の上相談　カタログハウス編

他人の悩みはいつの世も蜜の味。大正時代の新聞紙上で１２９人が相談した、あきれた悩み、深刻な悩みが時代を映し出す。（小谷野敦）

トキワ荘の時代　梶井純

手塚治虫、赤塚不二夫、石ノ森章太郎らが住んだトキワ荘アパート。その中心にいた寺田ヒロオの人生を通して戦後マンガの青春像を描く。（吉備能人）

町工場・スーパーなものづくり　小関智弘

宇宙衛星から携帯電話まで、現代の最先端技術を支えているのが町工場だ。そのものづくりの原点を、元旋盤工でもある著者がルポする。（中沢孝夫）

『洋酒天国』とその時代　小玉武

開高健、山口瞳、柳原良平……個性的な社員たちが創ったサントリーのＰＲ誌の歴史とエピソードを自ら編集に携わった著者が描き尽くす。（鹿島茂）

「社会を変える」を仕事にする　駒崎弘樹

元ＩＴベンチャー経営者が東京の下町で始めた「病児保育サービス」が全国に拡大。「地域を変える」が「世の中を変える」につながった。

書店風雲録　田口久美子

ベストセラーのように思想書を積み、書店界に旋風を起こした「池袋リブロ」と支持した時代の状況を現場からリアルに描き出す。（坪内祐三）

増補　書店不屈宣言　田口久美子

長年、書店の現場に立ち続けてきた著者によるリアル書店レポート。困難な状況の中、現場で働く書店員は何を考え、どう働いているのか。大幅改訂版。

珍日本超老伝　都築響一

著者が日本中を訪ね歩いて巡り逢った、老いを超越した天下御免のウルトラ老人たち29人。オレサマ老人にガツンとヤラれる快感満載！

独居老人スタイル　都築響一

〈高齢者の一人暮し＝惨めな晩年？〉いわれなき偏見をぶっ壊す16人の大先輩たちのマイクロ・ニルヴァーナ。話題のノンフィクション待望の文庫化。

ちくま文庫

処生術《しょせいじゅつ》
――自分《じぶん》らしく生《い》きる方法《ほうほう》

二〇二〇年十二月十日　第一刷発行

著　者　藤原和博（ふじはら・かずひろ）
発行者　喜入冬子
発行所　株式会社　筑摩書房
東京都台東区蔵前二―五―三　〒一一一―八七五五
電話番号　〇三―五六八七―二六〇一（代表）
装幀者　安野光雅
印刷所　三松堂印刷株式会社
製本所　三松堂印刷株式会社

ISBN978-4-480-43696-2 C0195